词之美感特质的形成与演进

葉嘉瑩 著

图书在版编目（CIP）数据

词之美感特质的形成与演进 / 葉嘉瑩著. —北京：北京大学出版社，2007.1
（迦陵讲演集）
ISBN 978-7-301-11454-4

Ⅰ.①词… Ⅱ.①葉… Ⅲ.①词（文学）– 美感 – 研究 – 中国 – 唐代 ~ 南宋
Ⅳ.①I207.23

中国版本图书馆 CIP 数据核字（2006）第 157136 号

书　　名	词之美感特质的形成与演进 CI ZHI MEIGAN TEZHI DE XINGCHENG YU YANJIN
著作责任者	葉嘉瑩 著
责任编辑	徐丹丽
标准书号	ISBN 978-7-301-11454-4
出版发行	北京大学出版社
地　　址	北京市海淀区成府路 205 号　100871
网　　址	http://www.pup.cn　　新浪微博 @ 北京大学出版社
电子邮箱	编辑部 wsz@pup.cn　　总编室 zpup@pup.cn
电　　话	邮购部 010-62752015　　发行部 010-62750672 编辑部 010-62752022
印 刷 者	三河市北燕印装有限公司
经 销 者	新华书店
	650 毫米 × 980 毫米　16 开本　13.75 印张　148 千字 2007 年 1 月第 1 版　2024 年 3 月第 10 次印刷
定　　价	42.00 元

目录

词之美感特质的形成与演进

目录

词之美感特质的形成与演进

总序

北京大学出版社即将出版我的《迦陵讲演集》七种，要我写一篇序言。这七册书都是依据我在各地讲词之录音所整理出来的讲稿，所以称之为“讲演集”。这七册书的次第是：

1.《唐五代名家词选讲》

2.《北宋名家词选讲》

3.《南宋名家词选讲》

4.《唐宋词十七讲》

5.《清代名家词选讲》

6.《词之美感特质的形成与演进》

7.《迦陵说词讲稿》

前两册书，也就是“唐五代”及“北宋”词的选讲，其主要内容盖大多取自于台湾大安出版社1989年所出版的我的四册一系列的《唐宋名家词赏析》。在此系列的第一册前原有一篇《叙论》，现在也仍放在这两册书的第一册书之前，并无改动。至于第三册《南宋名家词选讲》，则是依据我于2002年冬在南开大学的一次系列讲演的录音由学生整理写成的。当时由于来听讲的同学并没有听过我所讲授的唐五代与北宋词的课，而南宋词则是由前者发展而来的，所以我遂不得不在正式开讲南宋词以前，作了两次对唐五代与北宋词的介绍。这就是目前收在这一册书之前的两篇《叙论》。至于第四册《唐宋词十七讲》，则是我于1987年先后在北京、沈阳及大连三地连续所作的一个系列讲演。当时除了录音外，本来还有录像，但因各地设备不同，录像效果不同，所以其后只出版了录音的整理稿，所用的就是现在的书名。至于录像部分，则目前正在由南开大学的中华古典文化研究所加紧整理中，大概不久就会以光碟的形式面世。在这册书前面，我曾经写过一篇极长的序言，对当时朋友们为了组织这次系列讲座及拍摄录像的种种勤劳辛苦，作了详细的介绍。而且还有当时一直随堂听讲的两位旧辅仁大学的校友——北师大的刘乃和教授及中国历史博物馆的史树青教授，都为此书写了序言，对当时讲课的现场情况和反应也作了相当的介绍。现在这三篇序言也都依然附录在这一册书的前面，读者可以参看。第五册《清代名家词选讲》，其所收录的主要讲录，乃是我于1994年在新加坡所开授的一门课程的录音整理稿。虽然因课时之限制，所讲内容颇为简略，但大体尚有完整之系统可寻。在这一册书前，我也曾写了一篇序言，读者可以参看。第六册《词之美感特质的形成与演进》，是2005年1月我为天津电视台的"名师名课"节目所作的一次系列讲演。这次讲演也做了录像，大概不久的将来也可以做成光碟面世。只不过由于这册录音稿整理出来时，我因为行旅匆匆而没有来得及撰写序言，这一点还要请读者原谅。至于最后的第七册《迦陵说词讲稿》，则是我多年来辗转各地讲学随时被人邀讲的一些录音整理稿。这是在这一系列讲录中内容最为驳杂的一册书。一般说来，我自己对于讲课本来就没有准备讲稿的习惯。这倒还不只是因为我的疏懒的习性，而且也因为我原来抱有一种成见，以为在课堂上的即兴发挥才更能体现诗词中的生生不已的生命力，而如果先写下来再去讲，我以为就未免要死于句下了。只是就临场发挥而言，则一切都要取之于自己平日熟读的记诵，而我的记忆既难免有误，再加之录音有时不够清晰，所以整理出的讲录自不免时有失误之处。何况目前的排字印刷也往往发生错误，而我既是分别在各地不同之时空所作的讲演，因此讲题及内容也往往有重复近似之处。如今要整理编辑为一本书，自然不得不做许多剪裁、改编和校对的工作。不过，从此种杂乱复出的情况，读者大概也可以约略想见我平日各地奔走讲课的情形之一斑了。

关于我一生的流离忧患的生活，以前当 2000 年台湾桂冠图书公司为我出版一系列廿四册的《叶嘉莹作品集》时，我原曾写过一篇极长的《总序》，而且在其“诗词讲录”一辑的开端也曾为我平生讲课之何以开始有录音及整理的经过做过相当的叙述。目前北京大学出版社所计划出版的，既然也是我的一个系列，性质有相似之处，这两篇序文已收入北京大学出版社即将出版的《迦陵杂文集》中，读者自可参看。

北京大学出版社为我出版的七册《迦陵讲演集》以及北京中华书局即将推出的六册《说诗讲录》两者加起来，我的诗词讲录乃将有十三册之多。作为一个83岁的老人，面对着自己已有62年讲课之久的这些积累，真是令人不禁感慨系之。我平常很喜欢引用的两句话是：“以无生之觉悟做有生之事业，以悲观之心境过乐观之生活。”朋友们也许认为这只是老生常谈，殊不知这实在是我的真实叙述。我是在极端痛苦中曾经亲自把自己的感情杀死过的人，我现在的余生之精神情感之所系，就只剩下了诗词讲授之传承的一个支撑点。大家可能还记得我曾经写过“书生报国成何计，难忘诗骚屈杜魂”的话，其实那不仅是为了“报国”，原来也是为了给自己的生命寻找一个意义。但自己自恨无能，如今面对着这些杂乱荒疏的讲学之成果，不禁深怀惭怍，最后只好引前人的两句话聊以自慰，那就是：“余虽不敏，然余诚矣。”

1 第一章 歌辞之词

本章共四讲，分别举引了温庭筠、韦庄、冯延巳三位作者的一些作品为例证，说明了歌辞之词在作者抽离了直接自叙的主体性以后，由于写作之特殊情境所形成的双重性别与双重语境，因而从一开始就形成了一种幽微要眇的富于言外意蕴的美感特质。

第一讲

从词之起源谈词之语境所形成的美感特质，并举温庭筠的《菩萨蛮》（小山重叠金明灭）为例证，说明词之以叙写美女与爱情为主的特色。

诸位爱好诗词的朋友们，我今天很高兴有这个机会来谈一谈关于中国词的如何欣赏的问题，因为我的习惯总是站起来讲课，我教书60年还没有坐下来讲过，所以我今天还是站起来了。我今天要讲的题目是《词之美感特质的形成与演进》。我要讲的是词，可是不是单纯地只讲一首词，只把这首词翻成白话，不是这样的讲法。我要讲的是词的美感特质。词的美感在哪里？什么样的词叫好词？什么样的词叫坏词？而且我所说的词是好还是坏，不是以它的内容、道德、伦理的意义价值为标准，而是以它的美感特质为标准。可是词的美感特质是怎么样形成的？这是非常微妙的一件事情，不像诗和文章比较简单，诗是言志的、载道的。"情动于中而形于言"，"在心为志，发言为诗"，所以诗是表现一个人内心的感情和志意的，而文是载道的。可是词则不然，词的兴起，尤其是当诗人文士插手来写作词的时候，那是非常特殊的一种情况。

所以我们就先要讲一讲词的兴起。一般人都以为，诗也是押韵的美文，词也是押韵的美文，诗词、诗词，好像都差不多，其实是完全不一样的。因为词的兴起是有一种特殊的环境的，尤其当它落到诗人文士的手中来创作的时候，那个环境，我们所谓语言的环境，是极有特色的。因此我们就要讲一讲词的兴起。本来中国从上古的歌谣、《诗经》一直都是诗的天下，怎么就忽然兴起了另外一种文学体式？我们把它叫作词，"词"这个字其实没有什么很深奥的意思，这个"词"就是歌辞的意思，用英文来说就是 songwords。song，唱的歌；words，就是歌辞之词，歌辞之词是配合着音乐来歌唱的。这就跟古代的歌谣的兴起是不一样的。古代的乐府歌谣，它并不配合音乐。是我们自己先写了歌谣"战城南，死郭北"，先有了一个民间的歌谣，由政府的官员搜集到朝廷之中，然后朝廷之中有管音乐的乐师为它配合上音乐的调子。我们说《诗》三百篇都是可以歌的，也是后来才配上音乐的。那最早的十五国风，常常都是民间的歌谣，是没有音乐，后来才配合的音乐。可是词的兴起跟诗是不一样的，词是先有了音乐，先有了一个曲调，先有了一个谱子、乐谱，然后按照这个乐谱，按照这个牌调来填写歌辞，所以我们叫填词。诗是作诗，是创作，词是按音乐的乐调来填写歌辞，而这个音乐的乐调，也是很特殊的一种乐调。中国古代的音乐，上古的音乐，我们管它叫作“雅乐”，庄严肃穆，像《诗经》当时配的音乐很多都是四个字一句的。到汉魏以后，就有了所谓的“清乐”，然后到了隋唐之间，清乐就结合了一些新兴的音乐。新兴的音乐是什么呢？一个就是当时国外的少数民族传进来的，就是所谓的“胡乐”，还结合了一些宗教的音乐，佛教道教的音乐，就是我们所谓的“法曲”。那么结合了清乐、胡乐和法曲而新兴的一种音乐，我们就把它叫作“宴（燕）乐”，可以写这个“宴”字，也可以写这个“燕”字。这是当时一种新兴的音乐，它结合了很多不同曲调的各种形式，各种变化。可惜我们那个时候没有录音，我们听不到它是怎么样地演奏的音乐，可是根据古书的记载说，这个音乐演奏起来使听者如醉如痴，是一种非常动人的音乐，就是“宴（燕）乐”。当时一般市井之间的老百姓喜欢这样的好听的动人的音乐，所以很多人就配合这流行的乐曲来给它写作歌辞。

那早期的歌辞的内容本来是非常丰富的，任何一个人，任何行业的人，只要你喜欢这个流行的乐曲，你都可以为它填写一首歌辞。给人看病的医生，你要辨症，譬如说如果是伤寒病，他就可以把伤寒病的症状编写一个歌辞（如敦煌曲中写伤寒症的三首《定风波》），就便于记诵，像歌唱一样就记下来了。不但医生可以配合着音乐写这种歌辞，任何一个人，当兵的作战的可以配合音乐写一个沙场战阵的歌辞，家里边的思妇可以写相思怀念的歌辞，用兵的将军也可以把行军用兵之道写成歌辞……所以各类的人物、各类的生活，写出来各种内容的歌辞。但是很可惜，内容这么丰富的歌辞在隋唐以后就没有流行开来，为什么呢？因为当时为流行歌曲写歌辞的这些个人，都不是有名的文人学士，都是市井之间的，看病的、算卦的、当兵的……什么人都可以写，而一般人认为这样的歌辞庸俗浅拙，所以不值得给它去印行流传，所以后世的人都不知道有这样的歌辞。

那么第一本歌辞的词集被编写出来是什么时候呢？那是到了五代的时候。当时后蜀有一个人叫赵崇祚，编写了一个词集，并给这个词集起了个名字叫作《花间集》。他请当时的词人欧阳炯给他写了一篇序文。那篇序文本来很长，我们只简单扼要地说一说，就是欧阳炯要说明为什么编这一本词集？他说，“因集近来诗客曲子词”，你要注意，他是认为那些个广大的民众们所写的那些个歌辞不够典雅，庸俗稚拙，他说所以我现在就搜集了近来诗客所写的曲子词，是文人诗客所作，所以是典雅的、美丽的。这样的歌辞，他们就给这个词集起了一个名字，叫作《花间集》。《花间集》从五代到现在流传了这么多朝代这么多年，我一说《花间集》，老师在课堂上提起《花间集》，你们脑子里就出现一本书，在图书馆，在书架上，有本书叫《花间集》。可是刚才我说了，有的时候你要用英文一说，它就有点新鲜的感觉。当我在国外讲词的时候，你知道《花间集》的英文是怎么译的？“集”就是collection；collection of songs就是“歌辞的集子”；“花间”，among the flowers，是在花丛里边的歌，所以我说《花间集》

你们都觉得这没什么意思，不就是一本书吗？可是你说这是songs among the flowers，忽然间它就活泼、就生动起来了。所以管它叫作《花间集》，而从这个书的名字你就可以想象它是在“花间”歌唱的歌辞。那么编这一本歌辞的词集是为了什么？欧阳炯说，那是为了“庶使西园英哲，用资羽盖之欢；南国婵娟，休唱莲舟之引”。“庶”，就是“庶几”或者“大概”，他说我希望我这本集子编成以后大概或者可以使得那西园的英哲，“英哲”，指那些个有才华的英俊的杰出的文人诗客。文人诗客就文人诗客，英哲就英哲好了，干吗还说是西园的英哲呢？这是中国的文章的妙的地方。因为中国这个国家、这个民族，有这么悠长的历史，它每一个语言，按照西方来说，每一个语言就是一个符号，一个sign，每一个语言的符号都有了这么千百年的历史的文化背景在那里，所以他所用的一些个符号都有它的意思在里边。“西园英哲”，指的是什么？“西园”是在建安时代，有曹氏父子，有建安七子，这些个人当然都是有名的诗人，他们常常聚会，这些诗人文士一起在哪里聚会？那个地方就叫作西园。所以建安的诗歌里边曾经写过说“清夜游西园”，我们说西园的这些个文士们，他们白天饮酒作乐不够，晚上还去游，游什么？“清夜游西园”。就到西园一个花园里边，一边游园一边也可以唱歌。欧阳炯说现在编辑了这一本collection of songs，他说希望大概可以使得游西园的那些个才子们，那些文人诗客“用资羽盖之欢”，就用这些个歌辞来“资”，“资”是资助、增加、给予，就可以增加、给予他们一种欢乐。什么欢乐？就是他们坐着那个车，那个车篷就是车盖，车盖上还有羽毛的装饰，是个美丽的车子，“用资羽盖之欢”。那个时候这些文人诗客游赏的时候还有很多歌女去唱歌，他说有了我们的这个歌辞的集子，“南国婵娟”，就“休唱莲舟之引”。“婵娟”，美丽的女子，南方的美丽的女子，她们有了这样美丽的歌辞就不要再唱莲舟。“莲舟”就是采莲船，本来一般的民间的女子就是采莲蓬的时候唱一些个歌，采莲的歌，那都是平常的民歌，是市井的而不是文人的作品。欧阳炯说现在我们有了这些个诗客的曲子词，那么歌女就不要再唱那种庸俗的、普通的、采莲的歌辞了。搜集了很多诗人文士写给歌女去唱的歌辞，这个集子就叫《花间集》。

《花间集》里边一共收集了十八个作者，这十八个作者都是男子。五百首歌辞中有一个女子的作品吗？一个也没有。中国的第一本词集《花间集》都是男子的作品，为什么？既然是写女子的，为什么没有女子的作品？良家的妇女足不出于闺阃之间，你的脚步连二门都不能踏出去，更不用说出到大门以外了，所以你敢到歌场里边，像你们现在的男女同学这么自由，跑去通宵地唱歌？那时候妇女没有这样的自由，良家女子是不能够去唱歌的，都是歌女在唱歌。而词是文人男子写给歌女去歌唱的歌辞，所以最早的中国的这个词是“歌辞之词”，可是中国的词并没有停止在歌辞之词这里，我把词分成了三种：“歌辞之词”，是早期的词，都是文人诗客给歌女写的歌辞，这是歌辞的词；可是后来，作者多了，这些个诗人就想自己写自己的感情了，所以后来就有“诗化之词”；再后来又有“赋化之词”。我们现在所要讲的就是歌辞之词的美感特质，所以我们就应该先看几首歌辞。

小山重叠金明灭，鬓云欲度香腮雪。懒起画

蛾眉，弄妆梳洗迟。　　照花前后镜，花面交相映。

新贴绣罗襦，双双金鹧鸪。

这首《菩萨蛮》是《花间集》里边的第一首歌辞，作者叫温庭筠，他的这个歌辞有一个牌调。刚才我已经说了，歌辞都是配合当时的宴乐，给那个乐曲填写的歌辞，所以现在这个《菩萨蛮》不是题目，不像诗，这是第一个请大家注意的，就是词与诗一个很大的不同，诗是作者言志抒情的，我知道我要说什么，杜甫《闻官军收河南河北》里说，经过安史的战乱我现在听说我们国家的军队把河南河北收复了，“剑外忽传收蓟北”，我“初闻涕泪”就“满衣裳”。诗人是为什么作的这首诗，我内心有什么感情，有什么意志，诗都说得很明白。所以呢，诗是言志的。而歌辞就是给歌女写的歌辞，所以它没有题目，这不是作者的感情，不是作者的思想，是作者给歌女填写的歌辞。什么歌？这个歌辞的牌调就叫《菩萨蛮》，是一个音乐的乐曲的牌调，是填写歌辞的牌调。那它写些什么呢？

我先给大家念一遍。大家听我念都很奇怪，说这样念起来很奇怪，为什么不念普通话的发音？其实我的普通话还说得很标准，我为什么不用标准的普通话发音？因为诗词都是韵文，它有一个平仄，它有一个 rhythm，有一个韵律，高高低低，长短错落，这是它的美感的一部分。诗与词的美感的一部分就是它的声音，而有些个入声的字，我们北方人（我是北京出生的），不能够发出正确的入声。虽然我不能够发出正确的入声，但是我一定要尽量把它读成仄声，保留它乐调的美感。

写得很美丽。是一个美女，“懒起画蛾眉”，还“照花前后镜”。再看一首，还是温庭筠这个作者，写的还是《菩萨蛮》这个曲调。《菩萨蛮》是当时唐朝非常流行的一个歌曲的乐调，他说：

> 宝函钿雀金鸂鶒，沉香阁上吴山碧。杨柳又如丝，驿桥春雨时。　　画楼音信断，芳草江南岸。鸾镜与花枝，此情谁得知？

还是写一个美女，还是写她照镜子，头上插花，那么你说温庭筠这个作者就是爱写这些个美女，好，现在我们看另外一个作者韦庄，韦庄填的。我们叫作“填词”，他是给一个音乐的曲调填写歌辞，也叫《菩萨蛮》，所以可见《菩萨蛮》是流行的曲调。韦庄说：

> 红楼别夜堪惆怅，香灯半卷流苏帐。残月出门时，美人和泪辞。　　琵琶金翠羽，弦上黄莺语。劝我早归家，绿窗人似花。

也还是写美女的。所以你就发现了，歌辞之词因为它们都是给歌女写的歌辞，那当然作者们要写美女。因为他要给那些歌女写歌辞，那歌女都是美丽的女子，所以要写美女。而这些写词的人都是男子男士，所以写美女，写爱情。可是你又要知道，这些个诗人文士逢场作戏，说是今天有这么美丽的歌女要唱歌辞，我给她写一首漂亮的歌辞，于是他跟这个歌女往来，这歌女跟他也发生了爱情。可是哪一个男子肯娶一个歌妓？能够娶一个妓女回家白头偕老，做持家的奉养公婆的妻子？没有一个男子肯这样做的。所以这些个男士跟这些个歌女一夜风流，然后“挥一挥衣袖，不带走一片云彩”，就走了。那女子怎么样呢？

早期的歌曲，良家的妇女不敢写歌辞，因为她不敢到这些歌舞的场地，那这些歌女可就写歌辞了，歌女每天唱《望江南》《菩萨蛮》，她还不会写一个歌辞吗？所以歌女就说了：“天上月，遥望似一团银。”天上一个圆圆的明亮的月亮，你远远看去像一团银，银白色的光，“遥望似一团银”。“夜久更阑风渐紧”，夜久了，在后半夜了，风越吹越大了。“为奴吹散月边云”，你就替我把月边的浮云吹散。最后说，“照见负心人”。这是歌女写的《望江南》。因为那些男子甜言蜜语地跟我说了多少好话，一去就杳无音信了，所以“为奴吹散月边云”，就“照见”那“负心人”。这是歌女写的歌辞，才说男子是负心，然而现在我们不是讲女子的歌辞，我们讲的是男子的歌辞，男子说他自己是负心人？不说。所以那男子要写歌辞就写女子对他是怎么样相思，对他怎么样怀念，就写这些个女子的相思，写她们的相思，写她们的怀念。所以你看我们中国历代的诗词之中，大半写的都是那失落了爱情的、相思的、哀怨的思妇怨妇之词。

你以为只有我们中国女子才是这么不幸吗？西方的女子同样是这样的不幸，同样是白马王子来了以后，有一段爱情的一个 affair（事件），然后男子骑着白马又走了，留下来的也是相思怀念的女子。美国有一个教授叫 Lawrence Lipking，我们翻译成劳伦斯·利普金，这是当代的一个美国教授，现在还在世，他写了一本书，名字叫作 *Abandoned Women and*

Poetic Tradition。abandon，抛弃；being abandoned，被抛弃；abandoned women， 被抛弃的女子；and poetic tradition，与诗歌的传统。好，被抛弃的女子怎么形成了诗歌的传统呢？根据劳伦斯·利普金的说法，这些个思妇怨妇还不是像那个刚才我所说的歌女所写的，是"照见负心人"，男子喜欢写思妇怨妇，喜欢写弃妇，这个劳伦斯·利普金就说了，他说这个就形成一个 poetic tradition。劳伦斯·利普金是美国人，所以他所说的这个诗歌的传统不只是我们中国的诗歌的传统，他说的同时是西方的诗歌的传统，就是很多有名的伟大的诗人都喜欢在诗歌里边写那个相思怨别失落了爱情、追求爱情而得不到的妇女。那么他就说了一个理由，他说为什么男子喜欢写那个 abandoned women？为什么？因为男子有的时候也有被弃的感觉。现在已经司空见惯，很多女子把男子抛弃了，这已经不足为奇了。可是古代，我们古代的中国和古代的西方同样，那个时候，女子敢于抛弃男子是非常少的，不可以。中国古代男子可以休妻，女子不可以离婚，男子对妻子有七出之条，你有什么地方不合我们的礼法就把你休掉了，可是女子是不可以随便离婚的，所以被抛弃的都是女子。在爱情上、在婚姻上、在旧传统之中，很少说一个丈夫被抛弃了。在旧传统里，没有这种事情，永远不会发生。可是为什么男人也喜欢写被抛弃的弃妇的感情？劳伦斯·利普金说因为男子也有被抛弃的，他还不是被妻子抛弃的，不是被女子抛弃。一个男子他在社会上，在官场中，在现在的公司里边，他觉得自己不被重视，他的老板不欣赏他，他的同事轻视他鄙薄他，古代的那些个大臣得不到知用，没有在高位的人欣赏你、任用

你，他是 being abandoned，他就有一种被抛弃的感觉。可是你要知道，男子比女子是更好面子的，女子就算是被男子抛弃了，还可以跟她的姐妹，跟她的朋友，跟她的娘家人，跟她街坊的三姑六婆哭一哭，说一说，说我这个丈夫怎么样怎么样，数落一段不是。可是男子，在官场之中、仕宦之中、公司之中，如果他不得意，如果被他的同事、被他的同僚、被他同样的官场里边的人轻视，他是绝不会对人讲的，这是男子一定要保持的尊严。所以男子如何呢？他说男子就都把他被抛弃的感情用女子的口吻来写。

现在就有一件很奇妙的事情发生了，就是说《花间集》里边都是男子写的美女的相思怀念的思妇怨妇之词，本来就是写一个美女，可是居然就被读者在这样的歌辞里边发现了男子被抛弃的一种不能够言说的感情。我刚才说了，女子被抛弃了还可以找三姑六婆、姐姐妹妹、女伴们说一说，可是男子无可诉说，所以这些个借着女子的形象写女子被抛弃的相思怨别的小词常常流露出了男子的感情。怎么样就流露了男子的感情？我们现在就要讲一讲温庭筠的这一首小词。

温庭筠是《花间集》里边的第一个作者，而这首《菩萨蛮》词，是《花间集》里边的第一首词。它写的是什么呢？我们现在就把这一首词讲一讲。“小山重叠金明灭，鬓云欲度香腮雪。懒起画蛾眉，弄妆梳洗迟。”“小山重叠金明灭”，我们说什么是小山呢？“小山”按照我们一般的 common sense，就是一般普通的知识，我们认为小山就是外边的山水之山——a little hill，小山丘就是小山，可是如果是外边大自然的小山，这小山上怎么会有“金明灭”呢？小山难道是个金矿吗？怎么有“金明灭”？而且上面这句说的是小山，如果是大自然的山，怎么紧接着就是美丽的女子“鬓云欲度香腮雪”？这说明那不可能是外面的大自然的山。那么与女子有关系的山可能是什么？第一个可能就是山眉。可是你知道，中国诗词都有一个传统，不是你随便这样猜想，说我想山就是山眉，不可以，你要找到一个证据。刚才我们介绍了有一个人叫作韦庄，韦庄就写过一首词，他说“一双愁黛远山眉”。这词人都写美女，他说他所喜爱的那个女子，一双，眉毛当然是一双，没有单独一条眉毛是不是？所以是一对、一双。看他写的这个眉毛，非常妙，愁是眉毛的表情，黛是眉毛的颜色，远山是眉毛的形状，“一双愁黛”是“远山眉”。所以你看这个男子把女子的眉毛写得这样的美丽、这样的多情，眉毛上的表情、眉毛的颜色、眉毛的形状，“一双愁黛远山眉”。但是温庭筠说“小山重叠”，你脸上画这样两条眉毛吗？上面一条，底下一条？我们说很少有人这样画上下重叠的两条眉毛，所以这个不应该是眉毛，那么还有一种可能就是山枕。为什么说是山枕呢？因为古人的那个枕头，跟我们现在的枕头不一样，有的时候是用瓷做的，有的时候甚至是玻璃的。“水精帘里颇黎枕”，是硬的枕头，用瓷、用玻璃做的，这样的枕头是硬枕。它是中间有一点凹下去，两边高起来的，所以像个山的样子。我当年看见过这样的枕头，因为我的伯母就有一个这样的枕头，是一个瓷的枕头，中间凹下去两边高起来，像一座山。夏天的时候，我的伯母就常常说我，说你们睡那种软的枕头，一睡下去两边都包起来那有多热，看我这枕头多么凉快！所以是山枕。可是山枕也不成啊，这山枕也不能重叠，我们软的枕头可以重叠，你能够把两个中间凹的硬枕头重叠吗？所以也不能够重叠。现在，第一个是“山眉”，这个不可能；第二个是“山枕”，也不可能；所以第三个就是“山屏”，也有人管它叫作“屏山”。屏山就是屏风，屏风是这样折叠的嘛！你远看高高低低的，就像个山的形状，是小山重叠，它是折叠嘛，就这样的一个屏风，它是高高低低可以折叠起来的。那“小山重叠”怎么会有“金明灭”呢？因为那些个贵族的人家，它这个屏风上啊，有很多金翠的装饰，现在有的那些个人家里边讲究的，贵族的人家，他的家具上都镶嵌着很多闪闪发光的东西，在他的家具上，有螺钿金翠的装饰，所以“小山重叠”是“金明灭”。我们现在的一般的常识，我到一个人家里去或者到一个什么会议的大厅，一进大门一扇屏风，可是这首词下边第二句马上就是一个美丽的女子，“鬓云欲度香腮雪”，那么大门在这里，这女子还在床上，这很奇怪嘛！所以你现在要知道，这里他所说的屏山，这个山屏不是在大门口的那个屏风，是什么呢？是床头的屏风，就像现在我们家里普通的一个床，床这面高起来一块板子，一个 board，一个床总是有一个床头、有一个板子嘛！就是那个板子。现在一般的床，床头还是有一个板子，可是古人那个时候不是一个板子连在床上，是在床头那里围上一个屏风，在床头有一个折叠的屏风，所以是“小山重叠”，所以是一个山屏，是一个屏山。“金明灭”，就是那个屏风上的装饰。当早晨第一缕日光从窗户照进来的时候，日光照在屏风的金翠螺钿之上就闪动，这个日光闪动，就把那个睡梦之中的女子惊醒了；惊醒时人还没有起床，就在枕头上一转头，“鬓云”就“欲度香腮雪”，是写她的像乌云一样的鬓发，她一转头，就从她的脸上遮盖过来了。“度”就是 cross，就是遮掩过来，遮掩到她的香腮上。女子有脂粉，所以有香，女子的肌肤是这样雪白，所以“鬓云”就“欲度”那“香腮雪”，所以你看我讲了半天，这两句就是写一个美丽的女子刚刚在破晓的时候，被日光惊醒了，是“鬓云欲度香腮雪”。惊醒了，这女子就要起来梳妆了，说她“懒起画蛾眉”，“弄妆”就“梳洗迟”。这个女子懒懒地起床，这个女子当然不像我们——有工作的、要上班的、要教书的，匆匆忙忙地梳一梳头发马上就走了，但这个女子是贵族的女子——一天无所事事的，一天养尊处优的，所以她懒懒地起床，起床以后就对镜描眉。“弄妆梳洗迟”，她不说化妆，她说弄妆，这个“弄”字很有意思。“弄”字有玩赏之意，有赏玩观赏之意，所以宋朝有一个词人叫张先，写“云破月来花弄影”，云彩散开了，月亮出来了，照在花上，这个花就有影子，而风一吹，这花一摆动，就在自己舞弄，表现它的美丽的身姿，“云破月来”就“花弄影”。所以这个女子就弄妆，她不是匆忙地梳妆，“弄妆”所以“梳洗迟”，所以她梳头洗脸迟迟地慢慢地，因为她是弄妆，她描一描就看一看，再涂一涂又看一看，所以“弄妆”就“梳洗迟”，这完全写的是一个美丽的女子。

但有一个很奇妙的事情就发生了，就是这样的歌辞，写得很美，我们就欣赏它纯然的这种美丽的叙写，然而中国有一个传统，中国总要文以载道，诗以言志，所以就喜欢在小的歌辞里边寻找，说这些写美女跟爱情的词有什么意思？没有意思，一个读书人应该以天下为己任的，每天都写这美女跟爱情，每天都唱这美女跟爱情，有什么意义？有什么价值？所以当时这些个文人诗客，他们就发生了很大的困惑，就是我们应该不应该写这个歌辞？所以中国的那些个宋人的笔记，就表现了这种困惑。魏泰的《东轩笔录》，说“王荆公初为参知政事，间日因阅读晏元献公”——元献是晏殊的谥号，因阅读晏元献公的“小词”，而笑曰：“为宰相而作小词，可乎?”他说的这个王荆公就是王安石了，王安石为参知政事，他做了宰相，“间日”，偶然有这么一天，他就阅读了元献公晏殊的小词。晏殊也做了宰相，晏殊在王安石之前做过宰相。他说我们一个做宰相的人，官居国家的要位的人，能够每天都写这美女跟爱情的小词吗？所以他说：“为宰相而作小词，可乎?”可以这样做吗？就表示他们的困惑。那么宋人的笔记还记载了另外的一个故事，那是惠洪的《冷斋夜话》。惠洪是个和尚，和尚是出家了，所以把俗家的姓氏都不要了，所以他就随着释迦牟尼就姓了“释”。这个释惠洪在《冷斋夜话》里边也记载了一段故事，这个故事我们要等到下一次再讲，我们现在先停止在这里。

张静 整理 〉

第二讲

从传统词论对于以写美女与爱情为主的词体之美感的困惑，谈到温庭筠词中之语码的符示作用所可能引发的托喻之联想。

上一点钟讲温庭筠的一首小词，是写一个闺房之中的美丽的女子，当早晨破晓，日光照在她床头的那个小屏风上，那金碧闪动的光芒把她惊醒了，她在枕头上一转头，就“鬓云欲度香腮雪”，然后她就起来化妆，“懒起画蛾眉，弄妆梳洗迟”。本来这只是作者写的一首美丽的歌辞给美丽的歌女去歌唱，那么这样的歌辞有什么道德伦理教化上的意义呢？

没有。而从中国“文以载道，诗以言志”的传统来看，总是要给它找个道德的价值，找不到，所以他们就产生了困惑。所以王荆公，我们上次也讲了，就是王安石，他当时做了宰相，他看到以前的宰相晏殊所写的歌辞，就说：“为宰相而作小词，可乎？”还有宋朝另外一个人的笔记，就是释惠洪的《冷斋夜话》中也记了一则小故事。他说当时佛家的一个宗师法云秀，曾经对黄鲁直说：“诗多作无害，艳歌小词可罢之。”说你喜欢写诗，诗多作几篇没有坏处，你可以多作一些个诗；“艳歌小词”，所以你从他对于词的称呼你就知道，词都是“艳歌”，香艳的歌辞，这只不过是流行歌曲的歌辞，香艳的歌辞，所以管它叫“小词”，都是表示轻视的意思，没有什么文学的载道言志的意义和价值，“可罢之”，你不要再写了，这种美女爱情的词不要再写了。“鲁直笑曰”，黄庭坚就笑了，说：“空中语耳！”说是“空中语耳”，与诗文的言志载道不同。杜甫说“朱门酒肉臭，路有冻死骨”，说“致君尧舜上，再使风俗淳”，这是杜子美的理想志意。我给一个歌女写一首歌辞是“空中语耳”，就只是空中语的一首歌辞，“非杀非偷”，也不是杀人，也不是偷窃，“终不至坐此堕恶道”，我一定不会坐此，就因为这样的缘故，死后就沦入恶道，沦到六畜轮回，就不得人身了，他说我不会落到这样的下场吧。

可见当时对于如何看待这个歌辞大家是存在着困惑的。于是就又有一个故事了，还是宋人的笔记，这个人叫胡仔，他写了一本书叫《苕溪渔隐丛话》，里边记了另外一个故事。说“晏叔原”，晏叔原就是我们刚才说的那个宰相晏殊的儿子晏几道，有一次这个晏叔原就见蒲传正，蒲传正是朝廷的一个大臣，他就对这个蒲传正说了，“先公”——就是他的父亲，就是晏殊——“先公平日小词虽多，未尝作妇人语也”，他说我父亲平常虽然是喜欢写歌辞，但是没有说过女人的话。这蒲传正就说：“‘绿杨芳草长亭路，年少抛人容易去’，岂非妇人语乎?”说在那个杨柳飘拂的满地芳草的长亭路边，有一个少年郎把我抛弃了，他那么轻易地就走了，这不是一个女子的话吗？女子埋怨一个年轻的男子把她抛弃了，“绿杨芳草长亭路，年少抛人容易去”，这不是一个女子怨男子的话吗？这个晏几道就说了：“公谓‘年少’为何语?”他说蒲传正老先生啊，你以为这个“年少”指的是少年郎吗？你以为“年少”是什么意思？“传正曰：‘岂不谓其所欢乎?’”不是写那个女子所喜爱的男子吗？“晏曰”，晏几道就说了：“因公之言，遂晓乐天诗两句云：‘欲留年少待富贵，富贵不来年少去。’”他说我就因为你的话，明白了白乐天的两句诗，说我要把年少留住，等待富贵的到来，富贵没有到来，而年少已经抛我而去。那个年少，是少年，是少年的光阴，少年的生命。这种解说是什么？是牵强比附。晏几道的父亲明明写的是一个女子的怨别之词，他断章取义，说这个年少是指那个年少的少年光阴，这是断章取义的比附，这就是中国传统的士大夫，他们总想要把那个写美女跟爱情的小词加上一些伦理道德的意思。

好，现在我们就还回来看温庭筠的这首小词。“小山重叠金明灭，鬓云欲度香腮雪。懒起画蛾眉，弄妆梳洗迟”，那么她描完眉了，梳洗完了，就“照花前后镜”，头上插了花，她要照一照她头上簪的花朵，是前面一个镜子后面一个镜子。很多女子，其实男子也如此，要看一看后边什么样子，就前后镜，这样地照一照。因为你只看前面，你觉得前面很美了，可是你只要一出去，人家都看到你后边了，所以“照花”就“前后镜”，“花面”是“交相映”。前面镜子里边有后面镜子的影子，后面镜子也有前面镜子的影子，前面有花光人面，后边也有花光人面，镜影交相辉映。这个美感的作用可以从两边来讲。一个单纯的，只从它表现的语言风格上来讲，精力饱满。“照花”是“前后镜”，“花面”又“交相映”，这“交相”两个字写得这样有力量，杜甫曾经写过两句诗，说：“种竹交加翠，栽桃烂漫红。”我不种竹子则已，我要种出竹子来，就要叫那些个竹子长得如此之茂密，“种竹”要“交加翠”；我要栽出桃花来，那开出来的花，“栽桃”要“烂漫红”。不是说你写一个绿的竹子、写一个红的桃花有什么好处，是他的笔力饱满，“种竹交加翠，栽桃烂漫红”；“照花前后镜”，那“花面交相映”，那种力量的饱满！我现在所讲的只是客观地说，就文学而言它笔力饱满。

中国在清朝有一个词学家，很有名的一个词学家，一个学者，同时也是经学家，研究《易经》的，就是张惠言。他曾经编了一本《词选》，《花间集》选的那个集子，是给歌女去歌唱的歌辞的集子，张惠言也编了一个词集，可是他是给谁编的？给他学生编的。他在另外一个经学大师的家里边当家庭教师，这个家里边的年轻人要跟他学词。张惠言本来是一个经学大师，道貌岸然，现在这些个年轻的学生说，老师我们也喜欢词，听说您对词有研究，您给我们讲一讲词吧。这词里写的都是美女跟爱情，这个道貌岸然的经学大师，要给学生选一些词，怎么样呢？他就把这些个词都增加了载道言志的解说，他说什么呢？就是刚才我们所讲的温庭筠的这首词，讲一个美女起床化妆“照花前后镜，花面交相映”，张惠言就说了，他说这个温庭筠表面上虽然写的是一个美女，“照花前后镜”，但其实是：“此感士不遇也。”它里边有一种哀感、有一种慨叹，他慨叹的是什么？是不遇。一个读书人没有得到知遇，没有人欣赏他，没有人任用他，这是温飞卿，温庭筠的字叫作“飞卿”。温庭筠感士不遇，他感慨自己没有得到知遇，没有人知赏任用，“照花四句”，就是照花的这几句，“是《离骚》‘初服’的意思”。那屈原的《离骚》“初服”说的是什么呢？屈原的《离骚》说：“进不入以离尤兮，退将复修吾初服。”大家都知道，屈原是我们中国古代的一个非常伟大的诗人，根据司马迁的《屈原列传》所写，说他是“信而见疑，忠而被谤”，他对国家是如此之忠诚，如此之诚信，可是他被人猜忌，不被人任用，被人嫉妒，忠而见忌，所以他就写了《离骚》。“离”在这里不是“离别”的意思，而是“遭遇”的意思，是 encounter 的意思。《离骚》英文的译文是“encountering sorrow”，sorrow 是忧愁、哀伤，encounter 是遭遇。我碰到了哀伤，我遭遇了这样的不幸，所以屈原在《离骚》里就说了，说我想要被晋用，我想要在朝廷里边得到高位被任用，“进不入以离尤”，而我不但不被任用，我还遭遇到怨尤，我遭遇到别人的很多的猜忌和谗毁，所以现在我就退下来。我退下来又如何呢？我就“复修吾初服”。“复”是再，“修”是整理修整，我就再整理我最初的那个衣服。最初的衣服是刚刚穿上来的新的衣服，是洁白的，是干净的，是没有污染的，这是我的初服。你在世俗之间遭遇了很多的事情以后，你的衣服就被污染了。他说现在你既然不用我，我退下来，我要修整我自己当初的那个清洁美丽的衣服。这说的是什么？这是说我不会自暴自弃，不是说你用我，我就要好；你不用我，很多人就自暴自弃破罐子破摔，反正你们也说我不成，我就这样了，但为人不可以这样。尽管别人不任用你，尽管别人不看重你，但是你不要放弃你自己，你仍然要保持你的清洁和美好。而屈原一向是用美丽的衣服来象喻美好的品德，他说我"制芰荷以为衣兮，集芙蓉以为裳"，他说我要用芰荷，那美丽的荷叶做成上衣，我要用那美丽的荷花——芙蓉做成我的下裳，是芰荷为衣，芙蓉为裳。而且他说我佩戴着美丽的装饰，"佩缤纷之繁饰兮，芳菲菲其弥章"，这是屈原，屈原是用衣服的美好来代表品德的美好的。

所以现在张惠言就说了，"照花前后镜，花面交相映"，不但是化妆化得美丽，照花前后镜的美丽，而且要穿上一件美丽的衣服，"新贴绣罗襦"。"襦"是一个上衣的短袄；"罗"是它的质地，是丝罗的短袄；"绣"是它上面的花样；"绣罗襦"，用一个"绣"字、一个"罗"字形容这襦的美丽。不但如此，还是新贴的绣罗襦，什么叫新贴的绣罗襦呢？这个"贴"字有两种可能。一种是熨贴，就是烫得很平的，你说古人有熨斗吗？古人有熨斗，你看那个唐人的《捣练图》，拿一个铁的熨斗，我小的时候我们家里没有电熨斗，就是把一个铁的东西放在炭火里把它烧红，就这样烫，就是熨贴。唐朝的王建就写过诗，说"熨帖朝衣抛战袍"，他说一个出将入相的人物，这样有才能的人物，从战场上回来了，要穿上文官上朝的衣服，他说我就从箱子里边拿出来我的朝衣，把它烫平，把我原来战场上的袍子就脱下来。"熨帖"，所以是"新贴绣罗襦"，是刚刚熨平的绣罗襦，这么美好的一件衣服，"新贴绣罗襦"。而这个"贴"字呢，还有另外一个可能性，就是贴绣。有一种绣花，不是用针线的刺绣，而是在这个布上剪一块布，钉在上边，贴在上边，红布剪成一朵花，绿布剪成一片叶子，都放在上面，这就是“贴绣”。不管是贴绣也好，不管是熨贴也好，两个都有可能，在中国的传统或者在西方的传统都有“多义”，就是一句诗可能不只有一个解释，而有多种的可能性。那么贴的是什么花样呢？是“双双金鹧鸪”，是一对一对的金色的鹧鸪鸟，写的是衣服的美丽。而张惠言说，这衣服的美丽就是《离骚》初服的意思，就是感士不遇的意思，有这样的意思吗？不一定有啊。

王国维就批评张惠言，说“固哉，皋文之为词也”，说张惠言讲词真是太顽固了，像温庭筠这样的词有什么屈原《离骚》的意思？都被这个张惠言牵强比附了。《离骚》的忠爱缠绵，屈子最后自沉了，大家都知道屈原是一个怎么样的人，而且屈原的《离骚》从开头就说“帝高阳之苗裔兮，朕皇考曰伯庸”，表现了他的家世志节，《离骚》全篇的作品证明了他的忠爱，他的行为、他整个的一生证明了他的忠爱，这是屈原。我们不怀疑屈原所说的美女，屈原所说的美丽的衣服，果然是象征才德的美丽。而温庭筠是一个什么样的人？大家就说了，说温庭筠“能逐弦吹之音，为侧艳之词”。“逐”就是伴随着配合着，就配合着弦吹的声音，弹的琴瑟，吹的笛箫，就配合着音乐写出了那些个香艳的、不正经的歌辞，“侧”就是不正啊。据说温庭筠这个人生活非常浪漫，他做很多不合道德规范的事情。有一个做扬子留后的姚勖，说本来他还很欣赏温庭筠的才华，也赠给他不少财物，而温庭筠拿了这些个财物就去嫖妓、就去赌博，所以后来就被这个扬子留后姚勖“笞”。“笞”就是鞭打，被他所笞逐，留下这样的不光荣的记录。这样的人，“逐弦吹之音，为侧艳之词”，因为嫖妓被人打了一顿的人，有屈原《离骚》的意思吗？他不见得有屈原《离骚》的意思啊。好，如果说他没有屈原的意思，那张惠言却说这首词，“小山重叠金明灭，鬓云欲度香腮雪。懒起画蛾眉，弄妆梳洗迟。　照花前后镜，花面交相映。新贴绣罗襦，双双金鹧鸪”，有言外的寄托的意思，现在就产生了一个问题，所以我说歌辞之词的美感特质跟诗是不一样的。诗是言志的，你写的里边的内容，你的思想，你的志意；可是词是歌辞之词，而歌辞之词就很妙了。所以现在就有了一个现象，就是双重的性别，他表面上是写一个女子——女子起床，女子化妆，女子插花，女子穿衣服，可是他是一个男子在写的，就有了一种双重性别的作用。什么叫“双重性别的作用”呢？我们中国说男子是士，说一个读书人，从孔子的《论语》就说“士志于道”。“士志于道”，就是有志于追求道，一个做人的最高的理想。士，读书人，就是以天下为己任，要不然杜甫怎么老说我要“致君尧舜上，再使风俗淳”？我要以天下为己任；士当“先天下之忧而忧，后天下之乐而乐”。

士当以天下为己任，温庭筠也是一个士人，他当初何尝不是读了圣贤书？他有没有志于道的意思？他有没有以天下为己任的意思？我们可以从两方面来看，一个是从温庭筠的本身来看有没有这样的意思，一个是从这个语言文字上来看这首词可能不可能有这样的意思。我们现在先看这个温庭筠，他其实是很妙的一个人，我们现在看他的诗。温庭筠写过一首《病中书怀呈友人》，它前面有一个序，他说“开成五年秋”，开成五年的秋天，“以抱疾郊野，不得与乡计偕至王府，将议遐适，隆冬自伤，因书怀……一百韵”。我特别写开成五年，而且注明是840年的秋天，这个年代有什么意思？

"开成"是唐文宗的年号，而文宗在改元"开成"以前是什么年号？"大和"。就在大和的九年，唐朝的朝廷发生了"甘露之变"。什么叫"甘露之变"？那是一次非常重大的朝廷变故，唐朝的皇帝，我们不说从高祖太宗下来，我们只从温庭筠来说，唐朝的时候宦官专权，皇帝的生杀废立都是出于宦官，文宗是个有作为的皇帝，所以他就联合了一些个大臣，要把这个宦官的权夺过来，可是他失败了，就是所谓"甘露之变"。而在"甘露之变"的时候，宦官把朝廷的大臣都杀死了，宰相王涯也被杀死了，而不久以前这个庄恪太子被废了，不但被废，而且被废以后不久就暴卒，不久就死了。而这些个事情都是温庭筠在开成五年之前的那五六年中所亲身经历的，他看到了宦官的专权，看到了"甘露之变"，看到宰相王涯被杀死，看到庄恪太子的被废和暴卒，而他写了什么？他经过王涯的故宅旧居写了哀悼王涯的诗，庄恪太子死后，他写了哀悼庄恪太子的挽诗，可见温庭筠是一个有理想的，是一个对朝政有他的思想、有他的见解的这样一个人。二十几岁少年时代偶然有一些浪漫的行为，这也是少年人之常情。我这样说不是给少年人的浪漫行为作辩护，我只是说温庭筠有过这样的事情，那温庭筠还有什么呢？温庭筠就在开成五年，写了这首《书怀》。所以这就跟词不同了，词是写给歌女的歌辞，《书怀》是写我自己的内心的怀抱。温庭筠的《书怀》诗就说了，他说："逸足皆先路，穷郊独向隅。""逸"就是跑得快的，快马，那马足跑得快的，都跑到前面去了，大家都升了官，大家都在朝廷上得了高官厚禄，"逸足皆先路，穷郊独向隅"，我一个人抱病在郊野，"向隅"，好像面对一个角落，没有人跟我来往，我是孤独的，是寂寞的。“赋分知前定，寒心畏厚诬。”“赋”是上天给你的，我们说天赋天赋，上天给你有多少，那是你的分，你应该得多少这是你的分，你的本分，上天给我的有多少这是前定，我知道我这个人平生是根本不能够富贵显达的——“赋分知前定”；可是我所悲哀的还不只是我不能显达，是“寒心畏厚诬”，使我心寒，使我心里边真的感觉到这样的悲哀，我所恐惧的是别人给我的诬陷，别人把这么多的不名誉的、不好的事情，“厚” 是这么多的事情，加在我的身上。“有气干牛斗，无人辩辘轳。”他说我也有我的志意，有我的才气，“干牛斗”，可以直冲上天上的“牛斗”，直冲上、直冲到天空上去，这本来是说剑气，这是《晋书》的《张华传》上说的，是“宝剑之精，上彻于天”。他说我就像一把宝剑，我的光气可以上冲牛斗，可是“无人辩辘轳”，只是没有人认识我这把宝剑，“辘轳”，就是宝剑。“积毁方销骨”，大家都说温庭筠这个人品格不端正，行为不检点，“积毁方销骨”，一个人如果常在别人的积毁之中，你连你的骨头都要被人家给销毁掉，可见人言之可畏；“微瑕惧掩瑜”，他说就算我行为上有一点点小小的瑕疵不检点，我恐怕就因为这小小的瑕疵，把我的美好的才志完全都遮掩了。而且历史上记载着说温庭筠果然是有才气，他别号叫“温八叉”。唐朝要考试作诗，是八韵的诗，押八个韵，两句押一个韵，十六句押八个韵。温庭筠到考场里面去考试，他叉一次手，两句就出来了，又叉一次手，两句又出来了，他八叉手，这十六句诗都作成了。他不但自己作了，还给这人作一首，给那人作一首，他替别人作了很多首，结果别人都考上了，他还没有考上，所以他内心就很不平。这个温庭筠就因为有这样的名声，他自己行为又不检点，又违反科场考试的规则，所以大家都不肯录取他，所以他一直就落魄不得志。所以温庭筠的内心之中，如果是按照张惠言说感士不遇，你还别说，温庭筠可能果然是有点感士不遇，以我的“温八叉”，八叉手就作出一首诗了，我给那么多人作的诗他们都考上了，怎么我考不上？他当然是感士不遇了。

可是你说这样讲未免就是牵强比附，这首小词写美女的化妆，有什么感士不遇的意思？张惠言比附是把这个美丽的衣服，跟屈原的那个初服，作牵强的比附，其实这首词前面的“懒起画蛾眉，弄妆梳洗迟”里边，同样给读者这样的联想，因为“蛾眉”在我们中国的传统之中，已经是有一个传统了，也是屈原说的，说“众女嫉余之蛾眉兮，谣诼谓余以善淫”。还是屈原《离骚》的话了，他说那些个女子都是嫉妒我的蛾眉，“蛾眉”是眉毛的美丽，是形容一个美女，本来出于《诗经》的《卫风·硕人》的那一篇。说是“螓首蛾眉”，形容一个美女，“手如柔荑，肤如凝脂，领如蝤蛴，齿如瓠犀，螓首蛾眉”。你知道这个女子什么样？说她两只手又白又细跟那芦笋差不多，她的皮肤又白又嫩跟冻的猪油差不多，她的脖子又白又软跟那个白的软虫差不多，她的牙齿跟瓠瓜子差不多，她的头很方正跟那个蝉（知了）的头差不多，她的眉毛跟两个飞蛾的那个触角差不多，这是古代农村的民谣，最朴质地形容美女的话。他们每天就看见这些个动物、这些个植物，所以就用这动物植物把美女形容一番。所以“蛾眉”本来就是代表美丽的女子，在《诗经》里边这个意思很单纯，蛾眉就是美丽的女子，可是到屈原，说“众女嫉余之蛾眉兮”，那个“蛾眉”就有了寄托象喻的意思，他说那些个女子都嫉妒我的蛾眉。屈原，《史记》

里说他是“信而见疑，忠而被谤”，是别人对他的猜疑，别人对他的嫉妒。“众”——那些个朝廷里的别的大臣，他们就嫉妒我的蛾眉，嫉妒我的才德比他们都好，所以这个蛾眉就成为才德美好的象征，而蛾眉作为才德美好的象征就成了一个传统。这个在西方就被称作是 cultural code，是一个文化的语码。什么是文化的语码呢？就是一个语言，一个语言就是一个符号了，这个符号在一个国家民族的文化传统之中，被使用得很长久了，它就成为一个 code，它就变成了一个文化的语码，就是说“蛾眉”就代表才德的美好了。所以如果说“蛾眉”代表男子才德的美好，“画眉”就代表对才德美好的追求，我要画出一个美丽的眉毛，那就是对于才德美好的追求。

唐朝的李商隐就写了一首诗，他说：“八岁偷照镜，长眉已能画。”这个小女孩刚刚八岁就知道爱美，知道要好，就画眉毛，而且她果然真的画出来很美的、修长的眉毛。有的女孩不会画，像杜甫的女儿就不会画，说“狼藉画眉阔”，画的眉毛又粗又黑。这个女孩子八岁就画出那么长的、那么美的眉毛。“十岁去踏青，芙蓉作裙衩。”十岁的时候就跟一些女伴出去踏青，斗草寻芳，这女子对于美丽、对于感情、对于向外的追求，她“十岁去踏青，芙蓉作裙衩”，她裙子的边上都绣的是美丽的芙蓉花，而你要知道屈原说了“集芙蓉以为裳”。“蛾眉”是一个 code，“芙蓉”又是一个 code。“十二学弹筝，银甲不曾卸。”十二岁就学弹筝，你要有美好的才能嘛，你要多学很多的本领，那么戴上一个指甲套，因为你用自己的指甲一弹你的指甲就断了，戴上一个套子，就是银的指甲套，“银甲不曾卸”，这个“卸”字应该念“下”，就不摘下来，代表她整天地都在练习弹奏。“十四藏六亲，悬知犹未嫁。”十四岁的一个女孩子啊，就六亲都不能相见，你的表哥表弟都不可以随便见了，“十四藏六亲，悬知犹未嫁”，说这个女孩还没主儿呢，还没说人家儿呢。“十五泣春风”，就“背面”在“秋千下”，十五岁还没找到主儿，所以这个女孩子当春风吹来的时候就流泪了，她在荡秋千，下来的时候背面秋千下，就流下泪来了。李商隐是写一个女子吗？李商隐是写他自己，他说他自己的才能美好，没有人欣赏他、没有人任用他，所以“十五泣春风”，就“背面”在“秋千下”。所以温庭筠写的“蛾眉”就是才德的美好，“画蛾眉”就是追求才德的美好，可是没有人欣赏你的蛾眉，所以就“懒起画蛾眉”。你说“蛾眉”有一个传统，“画蛾眉”有一个传统，“懒起”也有一个传统。唐朝的杜荀鹤写过一首《春宫怨》，说：“早被婵娟误，欲妆临镜慵。承恩不在貌，教妾若为容。”他说早年我年轻的时候，就因为我太爱美了，我太美了，所以就耽误了我，“早被婵娟误”，已经被选入宫的一个女子，因为她婵娟，所以她被选入宫了。作为男子来说，因为他有才能，他考试考上了，他不是没考上，他是考上了，所以“早被婵娟误”。可是“欲妆临镜慵”，可是现在我要化妆的时候，我对着镜子我就觉得懒得化妆了，为什么？“承恩不在貌”，因为得到皇帝恩宠的人并不一定真正是容貌美丽的女子，我们说杨贵妃得到玄宗的宠爱，是因为杨贵妃“先意希旨”，这是陈鸿的《长恨歌传》上写的，因为当皇帝有一个意思还没有说出来的时候，她已经就能够按照他的旨意做出来，迎合逢迎皇帝的爱好。你想如果是一个美丽的女子，你整天对皇帝说你今天说的话不对，昨天你下的那个诏令也不对，你不应该对这个大臣如此，不应该对那个大臣如彼，你想皇帝还喜欢她吗？皇帝就不喜欢她了。所以得到宠爱的人不只因为她容貌的美丽，还因为她善于逢迎，善于拍马，善于逢迎皇帝的意旨，是“先意希旨”。“早被婵娟误”，我是已被选入宫了，可是我现在却“欲妆临镜慵”，我要化妆反而我慵，“慵”就是懒。因为“承恩不在貌”，因为得到皇帝的恩宠的人并不一定真是美丽的女子，是“教妾若为容”，你教我为谁？教我怎么样来化妆呢？在上位者根本不认识这个美丽的容颜，他不能够欣赏，他喜欢的是那逢迎的人，所以就“懒起画蛾眉，弄妆梳洗迟”。

这首词就被张惠言看出来有这么多的意思。于是张惠言就对于怎么样欣赏词，就是这种歌辞的词，写美女的词，它的美感是什么，看出来很多的意思，他说：“极命风谣里巷男女哀乐，以道贤人君子幽约怨悱不能自言之情，低回要眇，以喻其致。”他说词这种文学体式，就是风谣，就跟那个国风民谣一样，就是里巷之间的男欢女爱的歌曲。风谣里巷之间男女的哀乐，他们相逢就快乐，相别就悲哀，可是就是这样的里巷男女哀乐的这种歌谣，“极命”——当它发展到极度的时候，就产生了一种作用——“以道贤人君子幽约怨悱不能自言之情”——他就可以传达、可以述说那些个贤人君子的一种感情，就是写男女的相思爱情的小词，就传达了那些个才人志士贤人君子的一种感情。什么样的感情？那是一个贤人君子的，最幽深的、最隐约的、最哀怨的、最悱恻的，这样的感情，而且“幽约怨悱”，还是“不能自言之情”，他自己不能够明白地说出来的一种感情。所以他表现的时候，“低回要眇”，都不直接地说，婉转曲折地，写这样的词语“以喻其致”，就是那么一种味道，那么一种作用，没有说出来。“盖诗之比兴、变风之义，骚人之歌，则近之矣。”他说这大概就是相当于诗的比兴、变风，骚人之歌，“则近之”，大概差不多了。我说歌辞之词的一个美感特质，就是它不是言志的，那么你说他果然就是像《离骚》的吗？果然就是像《诗经》的变风吗？他果然就是比喻了吗？他果然就是寄托了吗？张惠言说“盖”，是不确定，大概就是诗中的比兴，大概就是变风，大概就是骚人之歌，“近之”就差不多了。一个“盖”字，一个“近之”，都表示不确定。所以你不能说温庭筠果然就有屈原的用心，你不能这样指说。但是妙就妙在他给读者这样的联想，这就是小词的一种微妙的作用。而为什么有这种微妙的联想？

我现在又要给大家讲两句英文的词语，当代的、现在还活着的、在法国的一个女学者，叫茱丽亚·克里斯多娃（Julia Kristeva），她说诗歌的语言除去它外表第一层的这个意思以外，它有很多微妙的作用。于是这个茱丽亚·克里斯多娃在她的书《诗歌语言的革命》里边，就提出来两种作用：一种是 symbolic function，是象喻的作用；一种是 semiotic function，是符示的作用。这两个有什么分别？什么叫象喻的作用？我们先说什么叫 symbol，什么叫象征。象征不是偶然的一件事情，我说这支笔象征正直，你信吗？没有这么一个传统啊，从来没有人说这一个圆珠笔就象征正直的品格，没有这个说法。得说竹子，那个劲直的直挺挺的竹子，那是代表一种正直的品格。你说松柏后凋，代表一种坚韧的性格。所谓 symbol，它成为一个 symbol，它已经是约定俗成了。“蛾眉”是代表才德的美好，“画眉”代表追求才德的美好，“懒画眉”是因为没有人欣赏我的美好，我化妆给谁看？所以我懒。所以就有了一个传统，这是一个 symbolic function。可是茱丽亚·克里斯多娃就更妙，她说还有一种作用是 semiotic function，是符示的作用。semiotic 就是符号，所以它没有约定俗成，它没有固定的一个意思，一个象征的意思，没有，它只是一个符号，所以符号有一种作用。而这两个区别在哪里？屈原的《离骚》说"众女嫉余之蛾眉"，李商隐说"八岁偷照镜，长眉已能画"，杜荀鹤说"承恩不在貌，教妾若为容"，他们都是从一个传统下来的，他们都有这种象喻的作用。可是温庭筠未必有此意，温庭筠是一个有才而浪漫的诗人，他未必有屈原的这样的托意，可是他用的符号，就是他用的"蛾眉""画眉""懒起画蛾眉"，都引起读者这样的联想，而这个联想除了语言符号的作用以外，还有一种文化上的因素，就是士的这个传统，就是每一个读书人都想要有一个修齐治平的这样的理想。温庭筠当他填写词的时候，可能他只是给歌女写一个歌辞，可是他作为一个士人，有一个文化的传统，所以他可能在他的潜意识、下意识里边有一种要追求这个修齐治平的理想而不能够达成的感慨。而从读者来看，像张惠言这样的读者，也是在这个文化传统之中，所以是文化的传统跟语言的符码结合起来，使得温飞卿的词有了这样一种美感的作用。这是歌辞之词，男子写美女跟爱情的词，产生了这样一种微妙的作用。我们今天只是用温庭筠的一首小词来说明中国的词，尤其是歌辞之词里边的一种特殊的美感作用，我们就停止在这里。

张静 整理

第 三 讲

举韦庄的五首《菩萨蛮》词为例证，说明韦庄词与温庭筠词之不同性质的美感作用。

我们这一个系列讲座，总的题目是《词之美感特质的形成与演进》，我们这个星期的两次所讲的小题目是《歌辞之词的美感特质》。我现在特别要再次声明一下，就是我所讲的是词的美感特质，而不是词里边的思想道德意识。虽然我上次提到清朝的张惠言曾经说过小词可以传达“贤人君子幽约怨悱不能自言之情”，而且他还曾把小词与《诗经》《离骚》

相比。在中国古代的传统中,《诗经》被认为关系于教化,《离骚》是表现了屈原对国家的一份忠爱的感情。所以,很多人都认为,张惠言是用传统的道德思想意识来评述讲解小词。而我现在虽然也引用了张惠言的说法,可我却并不是要像张惠言那样用道德的意识来讲小词。

我所讲的,是小词的美感特质。至于温飞卿是个什么样的人,他是不是有跟《离骚》一样缠绵忠爱的感情,我并不加以讨论。我只是说,温飞卿的小词有一种美感的特质,我所要探讨的是它的美感特质到底是什么。我们上次看了温飞卿的一首小词,这个词的牌调是《菩萨蛮》,他是这么写的:

> 小山重叠金明灭,鬓云欲度香腮雪。懒起画蛾眉,弄妆梳洗迟。　照花前后镜,花面交相映。新贴绣罗襦,双双金鹧鸪。

这首词,它之所以引起张惠言那样的联想,不在于温飞卿本身的道德意识,而在于它的美感特质,也就是他小词中的语言的符码。我上次讲过,语言就是一种符号,一个 sign。从西方的符号学 semiotics 来说,文学的作用是由语言的符号而产生的。温庭筠所用的符号我们上次也讲了,像他的"画蛾眉",我说蛾眉有一个传统,"蛾眉"这个符号已经成为一个传统了,在西方的文学理论之中它叫作"cultural code"——文化的语码。还有,这首词里边写到衣服的美丽,而屈原《离骚》是把衣服的美丽与容貌的美丽都比喻为一个男子的才德之美好的。是这首小词中语言的符码给了大家这样的联想,而这种作用是一种美感的作用,不牵涉道德。

我们上次只举了温庭筠的一首小词，也许还不足以说明它的符码有这样的作用。那我们就再看一首温庭筠的小词，这首词音乐的牌调还是《菩萨蛮》：

> 宝函钿雀金鸂鶒，沉香阁上吴山碧。杨柳又如丝，驿桥春雨时。　　画楼音信断，芳草江南岸。鸾镜与花枝，此情谁得知？

仍然是写闺房之中，仍然是写美丽的女子。“宝函钿雀金鸂鶒”的“宝函”是什么？我以为他所指的是枕函。如同我们上次讲那个“小山重叠”，有人以为小山是山枕，我认为不是。我曾说，古代的枕头是瓷的或者玻璃的，像温飞卿的另一首《菩萨蛮》就说，“水精帘里颇黎枕”。那个枕头是硬的，是玻璃的或者是瓷的。而且，这种枕头的里边是中空的，所以是“枕函”。“函”，是像一个匣子一样，中间是空的。那么枕函何以是“宝函”呢？因为它上边有很多装饰。什么样的装饰？上边有镶嵌的“钿雀”。“钿”是那种珠翠的镶嵌的东西，是一个鸟的形状，就是鸂鶒。鸂鶒是水边的一种鸟，跟鸳鸯差不多，常常都是双双对对地在水中游泳。“宝函钿雀金鸂鶒，沉香阁上吴山碧。”“沉香阁”是用沉香木做的一个阁，是房子里边的家具。沉香木像檀香木一样，是有香气的。这沉香阁上也有装饰，上面描绘有山水的图样，所以是“沉香阁上吴山碧”。那是一个闺房，在闺房之中，有一个孤独寂寞的女子。

我们上次也说了，很多小词所写的都是相思怨别的女子，是一个思妇、一个怨妇。怎见得温庭筠写的是思妇、怨妇呢？因为他说是，“杨柳又如丝，驿桥春雨时”。美感，都是从语言文字的符号中传达出来的。“杨柳又如丝”——又是一年过去了，而我所怀念的那个男子，他依然没有回来。“驿桥春雨时”的“驿”是驿站，古代的驿站就像我们的车站一样。我记得去年春雨的时候，我在驿站的桥边送他走了。今年的春天又到了，杨柳依旧，驿桥春雨依旧，可是“画楼音信断，芳草江南岸”，我在画楼之中孤独寂寞地等待他，而他连一封信都没有给我传回来。古人说：“春草碧色，春水绿波，送君南浦，伤如之何。”“芳草江南岸”，就是离别的地点，那寸寸的芳草都是我寸寸的相思。而他终于没有回来。可是难道就因为他没有回来，我就不再整饰我的仪容了吗？我们中国古代认为“女为悦己者容”，说女子化妆就是为了给爱她的人看的。她想要得到男子的爱情，所以做了美丽的化妆。那么，如果男子不在这里呢？《诗经》中有两句诗说：“自伯之东，首如飞蓬。”那也是用一个女子的口吻来说话的。“伯”是她所怀念的那个男子；“之”就是往。“自伯之东”，说是自从那个男子到东方去了，这个女子啊，就不再整饰她的仪容了，就“首如飞蓬”——头发都没有梳，跟一团乱草一样。后面本来还有两句说：“岂无膏沐，谁适为容。”难道我没有头油可以梳头吗？可是当没有一个人欣赏的时候，我为谁而化妆呢？这就是我们昨天引的唐朝杜荀鹤的诗：“承恩不在貌，教妾若为容。”没有人欣赏我，我还有什么必要来化妆呢？可是现在温庭筠笔下这个女子，并不像《诗经》上的那个女子。《诗经》那个女子说，自伯之东，我就不化妆了；而现在这个女子说，纵然你抛弃了我，纵然你不回来，然而我自己还是爱美的，我自己还是要好的，我仍然要装饰美丽等待你的归来。所以，装饰的美丽就表示了女子对她所爱男子的期待。她说我对你的爱情决不放弃，我相信你必然会回来，我一直要以这样的装饰来等待你。所以就“鸾镜与花枝，此情谁得知”——我没有放弃，我对镜簪花把自己装饰得整齐美丽，可是我这种相思怀念的感情，有谁能够理解，有谁能够知道呢?

而你知道，用簪花照镜来表现一个人的要好，这在中国历史上是有传统的。这也就是屈原所说的：“进不入以离尤兮，退将复修吾初服。”纵然没有一个人欣赏，没有一个人在我的面前，但我仍然是爱美和要好的。要知道，说一个女子对爱情期待的不放弃，实际上也就是说一个男子对自己才德美好的不放弃。一直到清末民初的王国维先生，他在写词的时候，仍然继承了这样的传统。王国维曾经写过一首《虞美人》的词，里边有两句说：“从今不复梦承恩，且自簪花坐赏镜中人。”“承恩”，可以是一个女子得到男子的宠爱，但也可以是一个男子得到君主和朝廷的任用与恩宠。他说现在朝廷任用的都是吹溜拍马的小人，哪一个人真正认识我的才能？所以，我从今就再也不梦想得到你们这些当权在位之人的赏识，是“从今不复梦承恩”；可是我也没有放弃我自己，我知道我自己的价值，所以我“且自”，我姑且仍然自己要对着镜子簪上花，我要“坐赏镜中人”。

事实上，所有的美感都是通过语言文字传达出来的。王国维也是用簪花照镜来表示他自己内心的一份持守。而且不但如此，王国维那个“且自簪花坐赏镜中人”是九个字的长句，这么长的句子，很多字都是舌齿之间的声音，表现了这种坚决的意志和感情。温庭筠也是如此，他的小词之所以妙，就因为他的词里边用了我们民族文化传统中的某种符码，这与语言符号所传达出来的道德思想没有关系，而是他传达出来的美感表现了一种感情。张惠言说温飞卿的词有屈子《离骚》的用心，其实从写美女跟爱情的小词里边看到贤人君子对于品德美好之追求的这种联想，不是从张惠言开始的，是以前很早就有人这样说了。像宋朝有一个叫作李之仪的人就曾经说，晏欧诸人的小词“语尽而意不尽，意尽而情不尽”。就是说，尽管他的语言说完了，可是他的意思不尽。你念完了“鸾镜与花枝，此情谁得知”，可是语尽而意不尽，它带给你很丰富的联想。“意尽而情不尽”是说，就算我把这些联想都说了，而你的体会、你的玩味，那种余音缭绕，仍然是在那里了。这就是小词的美感作用。所以说，从小词里边体验到这一份美感，不是到清朝的张惠言才开始的，宋朝的李之仪就已经感受到了小词之中有这样的一种美感作用。

为什么小词里会有这样的美感作用？从符号学来说，美感是由于它的语言，如“蛾眉”“画眉”“懒起画蛾眉”“照花前后镜”“鸾镜与花枝”，这都是语言的符码，这些语言的符码给了读者这样的联想。在中国文化的传统之中，这些语言的符码带着这种联想的信息，传达了这样联想的信息。除了文化传统的这个原因以外，小词之所以给读者这样的联想，有这样的美感作用，还因为我们所说的性别，因为它有双重的性别。小词作者所写的是一个女子，是一个闺中的思妇、一个怨妇，她期待的是一个男子，是男子的一份爱情。而在中国的伦理关系之中，有所谓“三纲五常”。什么是“三纲”？是“君为臣纲，父为子纲，夫为妻纲”。君永远是高高在上的，父也是高高在上的，夫也是高高在上的。一个是dominant，是统治的；一个是subordinate，是被统治的。于是这男女的关系与君臣的关系，就有了一种相似之处：做臣子的只能期待上边的君主，君主和朝廷欣赏你，就任用你；不欣赏你，不任用你，就可以把你贬谪，把你斥逐，甚至可以给你下一道旨意赐死。即使把你赐死，你也应该叩头谢恩的。而夫妻之间呢，男子对于女子，他爱你还是不爱你，要不要把你休弃，要不要移爱别人，他有多少妻多少妾，他在外面有多少浪漫的爱情事件，那是他的自由。做妻子的则只能任凭丈夫的弃取，他喜欢你就跟你在一起；不喜欢你，纵然不把你赶出去，也可以把你冷落在空房。所以，这男女的关系与君臣的关系大有相似之处。而现在很奇妙的一点是，小词都是写给歌女的歌辞，所写的都是女性的感情、女性的情思、女性的语言。而女性本来就是subordinate，就是说她们都只能任凭男子的取舍。而作为一个读书人、一个士人呢，你不是"士志于道"吗？你不是要以天下为己任吗？如果你默默无闻，连科举考试都没有通过，你有什么资格以天下为己任？你一定要得到那高的地位，你才有资格以天下为己任，要不然你是没有资格的。所以说，这种君臣之间的地位关系与夫妻男女之间的地位关系，是有相似之处的。因此，当小词的作者给歌女写歌辞的时候，他写一个女性的感情，写这个女性的相思，写女性对于爱情的期待，对于一个欣赏她的人的期待，这时候就会引起读者的联想。因为这个作者他本身是一个男子而不是一个女子啊！事实上，在中国旧传统的科考时代，男性读者和男性作者，每个人都会有这样的一种"情意结"。在西方的心理学上，有一种情意结，一个 complex。作者有这种情意结的 complex，读者也有这种情意结的 complex。所以读者才会读出来这种种的联想。于是，就是这种写美女、写爱情、写闺中思妇怨妇的小词，这种给歌女写的歌辞，由于它能够引起读者这样丰富的联想，所以其内容的意涵就丰富起来了。以上所讲的，是歌辞之词的美感特质的一类。

可是歌辞之词不只是如此，歌辞之词有很多不同的作者，也有很多不同的风格。我们下边就要讲到另外一个作者的歌辞之词，他的美感特质又是什么呢？好，我们现在就要看跟温飞卿并称的一个作者，那就是韦庄。韦庄也写了好几首《菩萨蛮》。我上次也说了，《菩萨蛮》是当时最流行的一个歌曲的曲调。既然是最流行的，所以你可以给《菩萨蛮》填一首歌辞，我也可以给菩萨蛮填一首歌辞。温飞卿以《菩萨蛮》的调子填了十几首歌辞，韦庄也用《菩萨蛮》的调子填了不少歌辞，但是这些歌辞有不同之处。温飞卿那十四首《菩萨蛮》没有必然的次序，他所写的“小山重叠金明灭”，与“水精帘里颇黎枕”，与“宝函钿雀金鸂鶒”，互相之间并没有很密切的关系。当然张惠言认为他有，但是张惠言的说法是比较牵强的。可是现在我们要讲的韦庄的五首《菩萨蛮》，却是果然有着密切的关系的。韦庄的这五首《菩萨蛮》是一个系列，是一个整体。有很多选本只选其中的一首两首，那是不完美的。你必须看到韦庄写这五首《菩萨蛮》的整体的感情。所以我们要把这五首通通地读一下。下面是第一首。

红楼别夜堪惆怅，香灯半卷流苏帐。残月出

门时，美人和泪辞。　琵琶金翠羽，弦上黄莺语。劝我早归家，绿窗人似花。

韦庄词与温飞卿词的美感特质有很大的分别。同样是歌辞之词，韦庄的歌辞之词与温飞卿的歌辞之词有很明显的不同之处。温飞卿的歌辞之词我们讲过几首了，他不透露主观的感情，只是客观地描写房子里边的家具，房子里边的装饰，好像在旁观一个女子的化妆，始终没有很主观的、很强烈的、很明白的感情的叙述。韦庄则不然。韦庄把他的感情说得非常清楚，非常劲直，非常真切。这是一个分别。就是说，他们两个人表现的态度不同，韦庄比较主观、比较直接。除了这个以外，还有一点很明显的不同，温飞卿常常是用女子的口吻来写的：说我的鸾镜与花枝，我的此情你就不理解，是“鸾镜与花枝，此情谁得知”；说“画楼音信断，芳草江南岸”，是我在画楼，是我送走了你，是“驿桥春雨时”。他都是用女子的口吻，用女子做主体来叙述的。可是韦庄不然，韦庄也写爱情，也写离别，他不但是写得直接，写得主观，而且他是用男子的口吻来写的。

那么韦庄这样的小词，又有什么样的美感特质呢？我们现在就先看他的第一首词，他是以男子的口吻来写的。“红楼别夜堪惆怅”，也是写离别。他说我跟一个所爱的女子离别，我们临别的那天晚上是在一个红楼。我常常说语言符码，他说是“红楼”，你看那红的颜色是温暖的热烈的，是代表爱情的。就在那红楼之中，“别夜”就是我跟你分别的那天晚上，那真是值得我怅惘哀伤，到现在我回想起来那天晚上的情景宛然在目，我一闭上眼睛就想到那天晚上的样子。“香灯半卷流苏帐”，那天晚上我们没有安眠，没有在床上休息，我们仍然点着灯，而且灯是香灯。古人的灯常是一个油盏，这个油盏，你可以在里边放上所谓“兰膏”，就是有兰花香气的膏油。那你这个灯点出来一方面可以照明，一方面还散布有香气，所以是香灯。“香灯半卷流苏帐”，如果不是离别的夜晚，在这样的红楼之中，有这样散发着香气的香灯，他们岂不应该把流苏帐放下来，两个人去谈情说爱吗？可是现在因为是离别的晚上，虽然是红楼中，虽然有香灯的照明，有这种芬芳，可是我们的帐子卷起来了，是“红楼别夜堪惆怅，香灯半卷流苏帐”。“流苏帐”，是美丽的帐子。流苏是穗子，有些装饰品底下垂下很多穗子。为什么把流苏帐半卷起来？为什么不在红楼香灯之中两个人去安眠？因为“残月出门时”，因为今天早上我就要跟你离别，登程上路了。当残月将沉的时候，当我跟你告别的时候，我清清楚楚地记得你是满眼的泪痕。我们当然不愿意离别，可是我不得已要走了。当我走的时候，这个女子她就为我弹了一曲琵琶，是“琵琶金翠羽，弦上黄莺语”。弹琵琶所用的那个捍拨，上边有金翠的羽毛的装饰。琵琶弦上弹奏出来的声音，那么流利婉转，就好像春天黄莺鸟的叫声。而这个声音说的是什么？这个女子所说的话是什么？是“劝我早归家”。女子就叮咛嘱咐我说，现在你要走了，但你一定要早早地回来。为什么“劝我早归家”？女子说了，你要永远记得在你的家乡，在那绿窗之下，有一个如花的女子在等待你，是“绿窗人似花”。“似花”，一方面是说女子的美丽，家中有这么美丽的人，你难道不怀念？你难道不回来？另一方面你要知道，花是最美丽的，可花也是最容易凋残的。《牡丹亭》

说："如花美眷"，你"怎禁它似水流年"？你如果不赶快回来，就算你将来回来了，美丽的女子已经成为一个满头白发的老太婆了，那还有什么意思呢？于是，这个男子就走了。走到哪里去了呢？

现在我们就要看他的第二首词了。第二首说：

> 人人尽说江南好，游人只合江南老。春水碧于天，画船听雨眠。　　垆边人似月，皓腕凝霜雪。未老莫还乡，还乡须断肠。

讲到这里，我就不得不讲一下韦庄写这几首词的背景。我上次在讲温飞卿词的时候也曾讲过温飞卿所生的时代，唐朝差不多从宪宗开始，到穆宗、敬宗、文宗、武宗、宣宗、懿宗、僖宗、昭宗，已经是衰世。温庭筠和韦庄他们都生在这样的时代。我上次也说了，唐宪宗是被宦官杀死的，唐敬宗也是被宦官杀死的，唐穆宗是被宦官所立的，而晚唐从此就一路直下，所以到了僖宗的时候，就发生了黄巢的战乱。在这里我们没有时间详细地讲这段历史，我们只需知道，韦庄就是经历了黄巢之乱的一个人。在古时候，读书人没有别的出路，都要去科考。而当韦庄到长安来考试的时候，就赶上了黄巢的变乱，所以他根本没有考试，就沦陷在战乱的长安城中了。然后，他从长安逃出来，逃到了洛阳。

在洛阳，韦庄写了一首有名的长诗，叫作《秦妇吟》。诗中说："中和癸卯春三月，洛阳城外花如雪。""中和"，就是唐僖宗的年号。中和时代癸卯年的春天，洛阳城是非常美丽的，到现在我们还说春天到洛阳去赏牡丹花嘛！可是那个时候的长安城却处在战乱之中，他说是“内库烧为锦绣灰，天街踏遍公卿骨”。“内库”，就是皇宫之中的那些个库房，其中藏有多少的金银财帛，可是都被“烧为锦绣灰”。“天街”，首都的大马路。天街怎么样呢？是“踏遍公卿骨”，有多少王公大臣都在战乱之中被杀，天街上到处都是被践踏的尸体。韦庄于是来到了洛阳，他说：“适闻有客金陵至，见说江南风景异。”有一个人从南方的金陵到洛阳来，那么人家就说了，说北方如此之战乱，但南方是安定的，是美好的，与北方这种战乱的局面是不同的。所以韦庄就离开洛阳，来到了江南。

很可能，韦庄在战乱之中就跟他所爱的女子离别了，然后就来到了江南。“人人尽说江南好，游人只合江南老。”我屡次说过，语言永远是文学诗歌的第一个重要因素，道德在其次。他说是“人人尽说江南好”：我来到了江南，每个人都说江南真的是美好。你不是江南人，你是从北方来的，是一个客子游人，而大家都说你应该留在江南。而且还不只留在江南，你还应该在江南终老。“合”，是应该。现在你要注意到，是别人都说江南好，不是他自己说江南好。任凭江南有美丽的青山碧水，可是他所怀念的仍然是旧日红楼之中的那个美人。然而人人都劝他留在江南啊！是“人人尽说江南好，游人只合江南老”。而且那不是空洞地说江南好，人家说得是很具体的。江南怎么好？你看一看吧，是“春水碧于天，画船听雨眠”。南方的青山碧水，天上的行云，地面的流水，这空水澄鲜、天光云影的景色是多么美丽！江南没有战乱，没有烟尘，你可以在春水之中坐上一个画船，雨打船篷，你躺在船中听着那春雨的声音，多么悠闲，多么自在，多么闲适，哪里像北方的“内库烧为锦绣灰，天街踏尽公卿骨”！江南的风景好，是“春水碧于天”；江南的生活好，是“画船听雨眠”。你难道不应该留在江南吗？你说，我总想我那红楼中的美人。可是江南的女人难道就不美吗？“垆边人似月，皓腕凝霜雪。”“垆”，不是火炉而是酒垆，是一个放酒的土台子。当初卓文君就曾当垆卖酒。江南有很多酒家，你要到酒家去饮酒，垆边给你盛酒的那些个女子是“垆边人似月”。我们现代的歌辞说，你是天上的月，你好像是明月，那是说美丽女子的光彩照人。垆边卖酒的女子在给你斟酒的时候，露出来她的手臂，像霜雪一样洁白。这是江南的美人。你看，江南的风景好，江南的生活好，江南的女子这样美丽，你为什么老是不忘记那红楼的美人？所以“未老莫还乡，还乡须断肠”。你现在不是还年轻吗，你就在江南多享受几天这种美好的生活吧。你不要回故乡去了，你回到故乡所能看到的只有战乱烟尘，那足以使你伤心断肠。所以你看，现在他是来到了江南，这个时候是别人劝他不要回去，而他自己的态度呢？他说是“未老莫还乡”，我现在可以不回去，因为我未老。可是他言外的意思是：我不能一辈子留在江南，当我老了的时候，我还是要还乡的。

好，这是第二首。然后他接下来就写了第三首。你要知道人生是一直在变化之中的，你的祸福安危，你平生的遇合交往，每个人都是难以预料的。当年是人人都说江南好，可我并没以为江南好，我认为我终归是要回到北方故乡去的。可是现在呢？现在是：

如今却忆江南乐，当时年少春衫薄。骑马倚

斜桥，满楼红袖招。　　翠屏金屈曲，醉入花丛宿。

此度见花枝，白头誓不归。

“人人尽说江南好”的那一段美好的生活现在已经成为过去了，可是如今我才回想到在江南的那一段时间还是快乐的。那么他现在到哪里去了？

我们根据韦庄的生平来看，他经过了僖宗的黄巢之乱，后来就在江南流转了很多年。等到僖宗收复了长安回到长安去的时候，他又来到长安参加考试。这一次他考中了进士，那个时候他已经是五十多岁了。考上进士以后他就在朝廷里边做官。后来就有一个叫李洵的人做了两川宣谕协和使。什么是两川？当时的四川分为东川和西川。东川有东川军政的首长，西川有西川的军政的首长，而东西两川的两个军政首长不和睦，大家争权。于是朝廷就派李洵去做两川宣谕协和使，从长安出使到四川。而这个时候，李洵就约请韦庄参加到他的幕府之中。于是韦庄就跟随李洵来到了四川。虽然这次来四川不久他又回到长安去了，可是他在四川认识了西川节度使王建。王建很欣赏韦庄的才能，因此就特别聘请韦庄从长安到四川来做他的掌书记。结果韦庄就来到四川给王建做掌书记了。

可是不久以后，朱温，也就是朱全忠——他本来也是一个地方的军政长官——他的力量强大起来了，于是就要挟皇帝唐昭宗迁都，从长安迁到洛阳，然后废掉了昭宗，立了一个小皇帝昭宣帝。不久以后，他又把小皇帝废掉，自己称帝了。这就是历史上的梁，我们管它叫作后梁。到这个时候，唐朝就完全灭亡了。既然唐朝已经不存在了，于是西蜀的王建也就自己立国称帝，任命韦庄做他的宰相。根据一般人的考证以为，韦庄的这五首词是他晚年留在四川做了王建的宰相以后，回忆从前的往事而写的。因此，这五首词是一个系列，是韦庄整个的一个对过去的回忆。

“如今却忆江南乐，当时年少春衫薄。”他说当年我在江南的时候，人人都说江南好，可是我并没有以为江南好，因为我心心念念是要回到长安，要回到洛阳，那里有我追求的功名，有我喜爱的那个美丽的女子。可是现在，朝廷也不存在了，那个女子也音信断绝了，我现在回想起来，我觉得在江南的那一段日子还是美好的。因为那一段日子毕竟唐朝还没有亡国呢，江南还是唐朝的土地呀。而现在连江南的生活也成为过去了。“当时年少春衫薄”，当时韦庄还年轻，正所谓 “庾郎年最少，青草妒春袍”。古人说，在春天，一个年轻的男子脱掉笨重的冬衣，穿上美丽轻快的春装，浑身闪耀着春天的光彩，那真是令人羡慕。以至于“骑马倚斜桥，满楼红袖招”。白居易的诗说，“君骑白马傍垂杨”，女孩子们就最欣赏这些骑白马的年轻人。而韦庄说那时他就骑着一匹马，站立在江南的流水小桥旁。什么是“斜桥”呢？弯起的桥桥面总是斜的。当他策马站立在桥边的时候，是“满楼红袖招”，当时满楼女子的红袖就都争着招呼他上去。

那么现在呢？他说：“翠屏金屈曲，醉入花丛宿。”这里也不错，这里有翡翠的屏风，有居室之美。屏风不是折叠的么？它有一个环纽才能够折叠，这个环纽就叫“屈曲”，是铜做的。中国传统都把铜叫作金，因为它金光闪烁。就在这屏风之中，我就饮酒沉醉。什么是“花丛”？你想，在有金屈曲的屏风之中有什么？“小山重叠金明灭”，接下来就是“鬓云欲度香腮雪”啊。所以这花指的就是如花的美女。而且是“花丛”，有那么多的美女。所以他说，“此度见花枝，白头誓不归”。以前人家说江南那么好，江南有垆边人似月，而我总是念念不忘还乡，总是不肯终老在江南；可是现在，他说我这一次再碰见美丽的花枝，我真的就留在这里，不再回去了。而且我要发下誓愿，我白头都誓不归，永远不回去了，绝对不回去了！你们看他的口气，这是韦庄的词的一个特色、韦庄的词的一个美感的作用。他以决绝之词，表现他的深悲沉痛。他写得如此之决绝，而又有如此深重的感情，这是韦庄词的特色。

我们现在时间已经到了，只好下一次再讲他以后的事情的发展。

王小荣 孙爱霞 安易整理

第四讲

不幸而身为一个必亡之国的宰相，冯延巳在听歌看舞的时候不经意流露出来的忧患意识使他的词兼有了温、韦两家的长处，而且产生了他所特有的一种“感情的境界”。

我们讲到歌辞之词美感特质的第二个代表作者就是韦庄，韦庄跟温飞卿的风格是完全不一样的。韦庄是作为一个男子直接写他自己的感情，而且写得非常直接、非常劲直。就是说，他写得非常有力量。像我们上一次所讲的那一首词的结尾“此度见花枝，白头誓不归”就是如此。韦庄回忆他的生平，有几个不同的阶段。一个是在当年跟那个美人告别，然后他流转到江南，然后他又离别了江南。到现在呢？我们根据他的生平来猜想，应该是他已经在四川做了前蜀王建的宰相了。他说“此度见花枝，白头誓不归”，他既然回不去了，就只有留在四川。而四川的主人王建，对他是非常倚重的。王建开国自立为皇帝，就请韦庄做了他的宰相。前蜀一切开国的典章制度，都是由韦庄来制定的。所以下一首他就写到了现在的这一份感情。他说：

劝君今夜须沉醉，樽前莫话明朝事。珍重主人心，酒深情亦深。　　须愁春漏短，莫诉金杯满。遇酒且呵呵，人生能几何！

词的中间有一个空格，这个空格是表示音乐的乐曲有一段停下来的地方。在这个空格以前，我们叫它前片，在这个空格以后，就是后片，或者也可以叫作前半阕和后半阕。你看《菩萨蛮》这个词牌，它前半阕是四句，后半阕也是四句。而在韦庄这首词里边，却有两处的重复：“劝君今夜须沉醉，樽前莫话明朝事”，一个“须”，一个“莫”；“须愁春漏短，莫诉金杯满”，又是一个“须”，一个“莫”。一般说来，写诗写词是不应该重复的，不应该有重复的字样。而韦庄这首词却重复了两次之多。可是你要知道，美没有一个绝对的标准，不是说绝对如何，而是看你当时的那种情境，那种场合，那种气氛。不能说绝对应该怎么样，绝对不应该怎么样，没有一个死板的规则。很多选本选韦庄的《菩萨蛮》都不选这一首，就因为它有两处重复。不但有两处重复，而且你看他后边的两句“遇酒且呵呵，人生能几何”，什么叫“呵呵”？这两个字说得这么空洞，这么无聊。他是什么意思？所以很多人不喜欢他这一首词。这个真的是要看有没有“具眼之人”了。什么是“具眼之人”？就是有眼光的人。你要知道，大家认为韦庄不好的地方，其实正是韦庄这首词的特色之所在，而且也是韦庄词的美感特质之所在。

“劝君今夜须沉醉，樽前莫话明朝事”，这是劝人的话。“须”，是应该怎么样；“莫”，是不要怎么样。陆放翁的《钗头凤》词说：“山盟虽在，锦书难托。莫，莫，莫！”他说我又碰到我从前的妻子，可是现在我们男婚女嫁，她有她的丈夫，我有我的妻子，我们当年的山盟海誓，虽然我都记得住，可是现在再想给她写一封信，那是做不到的，是“山盟虽在”，却“锦书难托”。所以是“莫”，你不能够再写了；“莫”，你不要再写了；“莫”，你不可能再写了！这个“莫”，是不要；而“须”是要。所以韦庄这首词就很妙：他重复两次，但是出于不同的口吻。前面的“须”跟“莫”是主人说的。主人劝他说，“劝君今夜须沉醉”——你不要老是怀念你的故乡，你不要老是怀念你故乡红楼的美人，这里不是也很好吗？“樽前莫话明朝事”——今朝有酒今朝醉，在酒樽之前，你就不要老是讲明天怎么样，未来怎么样了。一般来说，我们不讲遥远的将来，那是因为对遥远的将来难以预测；可是明天很快就要到了，明天的事情你都把握不了，不知道会变成什么样子，那是一个什么样的时代！韦庄经历过晚唐的种种变乱，曾经见到了黄巢之乱，曾经在江南流离那么多年，好不容易59岁考中进士，62岁随李洵出使来到四川，65岁被王建请去做了掌书记，然后，唐朝就灭亡了，他就留在四川永远也回不去了。一个人，在短短的几十年间，经历了这么多的变乱，他的人生经历了这么多的起伏变化，哪一样是自己可以预料到的？所以主人劝你“樽前莫话明朝事”，人生是无常的，还是自己寻求一点儿欢乐吧。当主人出于对你的情谊拿酒来劝你的时候，你就应该“珍重主人心”，应该看重主人的这一份情意。前蜀的君主王建请韦庄做宰相，一切开国的典章制度都是委托韦庄创定的，这是他对韦庄的一份情意，所以是“酒深情亦深”。主人敬你的酒是杯深酒满，那满满的一杯酒，里面装的都是主人深深的感情，所以你要珍重啊！是“珍重主人心，酒深情亦深”。下面他说“须愁春漏短，莫诉金杯满”。既然你现在是今朝有酒今朝醉，那么你现在所要忧愁的就是春宵苦短。“漏”，是那铜壶的滴漏，晚上你听见嘀嗒嘀嗒，就跟我们现在听到钟表嘀嗒嘀嗒的声音一样，那是说时间在很快地消失，是春夜良宵苦短。“莫诉金杯满”是说，不要推辞说你给我斟酒斟得太满了，你今天能够喝多少酒就喝多少酒，不要节制自己，我们今天要一醉方休。接下来他就说，“遇酒且呵呵”——有人敬你一杯酒，你就暂时欢乐，哪怕是强颜欢笑也可以。“且呵呵”这三个字，是写得非常好的三个字，可是它表面看起来却显得那么空洞，那么无聊，那么无味。你想，他是在勉强地寻欢作乐，本来他一点儿也不快乐，却不得不强颜欢笑。作者能够把这种空洞的笑声表现出来，这是很了不起的，是“遇酒且呵呵，人生能几何”啊！而我刚才说了，韦庄来到四川给王建做宰相的时候，已经72岁了。人生七十古来稀，韦庄75岁就死去了，那么短短的几年，真的是“遇酒且呵呵”啊。既然前蜀的君主对你韦庄这样看重，你为什么老是忧愁？为什么老是哀伤？为什么老是怀念你的故国？为什么老是怀念你红楼的美人？

然而，你想要忘记，果然就能够忘记吗？所以现在我们就要看一看他的第五首《菩萨蛮》了：

> 洛阳城里春光好，洛阳才子他乡老。柳暗魏王堤，此时心转迷。　　桃花春水绿，水上鸳鸯浴。凝恨对残晖，忆君君不知。

韦庄的这一组词，你要区分它不同的时空。“红楼别夜堪惆怅”是在洛阳；“人人尽说江南好”是在江南；“如今却忆江南乐”已经离开江南来到如今的地方。一个是红楼的时空，一个是江南的时空，一个是今天现在的时空。那么这首词开端的“洛阳城里春光好”又是哪里呢？刚才他已经说来到江南，而且也离开了江南，来到如今的地方，怎么忽然间又跑到洛阳去了？洛阳不是早已随着唐朝的灭亡落入在后梁朱温的手中了吗？可是你知道，洛阳现在依旧有春天，洛阳现在也依旧有花开。我不是说韦庄当年在洛阳写了《秦妇吟》吗？所谓“中和癸卯春三月，洛阳城外花如雪”。洛阳春天三月开的满树繁花跟满树的白雪一样，我怎么能够忘记洛阳城那美好的春光？可是我洛阳的才子呢？我洛阳的才子已经在“他乡老”了。当时韦庄写了《秦妇吟》，曾经被传颂一时，大家都在传唱，大家都在传抄，甚至于有人把《秦妇吟》这一首长诗，整个儿地写在一个屏帐的帐子上面。古代对一般读书人称秀才，那时候韦庄还没有考中进士，大家就称他为“秦妇吟秀才”。这个名声曾经被传扬一时。现在又到了春天，洛阳城里春光依旧，可是我永远也回不去洛阳了。然而，我怎么能够忘记洛阳？“柳暗魏王堤，此时心转迷”。“魏王堤”是在洛阳城外的一个堤岸，沿岸都种的是柳树。他说我怀念洛阳城外魏王堤的河岸上的那一排垂柳，我现在是满心的怅惘，满心的哀伤。所以，从开头到“此时心转迷”这四句都是他怀念洛阳美好的春光。但他现在不在洛阳而是在四川。所以，“桃花春水绿，水上鸳鸯浴”，一跳就跳回到四川。这是写四川成都的春天了。杜甫在成都写的诗说是“泥融飞燕子，沙暖睡鸳鸯”，说是“桃花一簇开无主，可爱深红爱浅红”，这都是杜甫写的成都美丽的春光。在成都有锦水，有桃花，也有鸳鸯。韦庄说，现在洛阳的春光当然是好，不过我回不去了。可是现在成都的春光也不错啊，春天的水边上都是一对一对的鸳鸯鸟，它们是成双作对的。而我所怀念的朝廷，我愿意终身跟她在一起的那个美人，那个地方、那一段往事，永远都不再了。所以我是“凝恨对残晖”。“凝”，是凝结的、不能够排除、不能够消解的，是那样的一份深悲遗恨。而且我所面对的，是落日的残晖。“残晖”，在中国文化传统中是个语码。因为“日”是代表国君的，而这里是“残晖”。唐朝已经灭亡，当你回想到那灭亡的祖国，所以是“凝恨对残晖，忆君君不知”。我何尝忘记，我何尝不想回去！我当年也说过“未老莫还乡”，但真的到老了我还是希望回去。而我现在竟然就回不去了。我就是再怀念，我的祖国永远不会回来了，我所爱的那个美人永远见不到了。因为那一切都永远成为过去了。韦庄这五首词，表面上写的也是对一个美女的相思怀念，从红楼的别夜到那个此度的花枝，都写的是美女，都写的是爱情。可是，它里边实在是有一种很深切的故国之思。

刚才我们说温飞卿词的美感特质是因为它的双重性别。现在韦庄站出来了，他是男子，他写的就是男子的感情，无所谓双重性别。可是他的词同样给读者很丰富的联想，很深层的意味。这个原因不再是因为双重的性别，而是因为双重的语境了。这五首《菩萨蛮》词，是韦庄晚年在四川写的，它也是为燕乐的曲子配的歌辞。因此从他所处的小环境来说，他晚年在蜀中是安乐的，是可以听歌看舞的，是“劝君今夜须沉醉”，是“珍重主人心”。可是从当时的大环境来说，他已经是破国亡家流离在外的人，回头一片故国之思。所以，后来的读词人就从韦庄的词里边看到了很多深层的含义。因此张惠言说韦庄这几首词“盖留蜀后寄意之作”，说是他晚年留在四川而怀念他的故国所写。有的人就问了，说他明明怀念的是一个美人，怎么是故国？其实，你不要把美人跟故国分开，美人也可以是一个象喻，可以是故国的象喻；然而同时，也可能果然有一个女子，真的有一个美人。因为，历史上也说过，说韦庄一生漂泊，所至有情。凡是那些浪漫多情的才子，他们是很容易发生和美人的感情事件的。可是你要知道，《红楼梦》里的贾宝玉也对很多女子都很关心，可是毕竟他所爱的只是林黛玉一个人。所以这爱情的中间也是存在着很多层次的。韦庄虽然一生漂泊，所至有情，但是当年在红楼之中他可能果然有过一段浪漫的往事，果然有过一段深沉的爱情。而且你要知道，爱女子之情与爱祖国之情，也并不冲突，并不矛盾。他可以爱一个女子，同时他也爱他的祖国。这些词是韦庄留蜀后的寄意之作，张惠言说他完全是寄托，也就是说，张惠言认为他词中那美人就是祖国的象喻。可是你不必一定要这样讲，美人和故国完全可以同时存在嘛。其实不单是张惠言看出来这样的感情，清朝的另外一个词学家陈廷焯也说过，说端己词时露故君之思，读者当会意于言外。而且，他最后这一首词是果然存在有这样一些让我们联想到故国的“语码”的。比如说“残晖”，我们知道，太阳是代表国君代表朝廷的，而“残晖”呢？那是已经沉落的太阳，让我们联想到已经败亡的那个朝廷，也就是唐王朝。“忆君”的君，可以作为第二人称，就是你。可是“君”字也可以是君主，是国君。这同样起着“语码”的作用。这就是韦庄词的美感的特质：他用劲直的笔法表现深沉的情意，表面上写的是爱情，可是给了读者丰富的联想，你可以想到朝廷，也可以想到君主。要知道，歌辞之词有多方面的多种多样的美感特质。温飞卿是一种美感特质，韦庄是另一种美感特质。而现在我们又要讲歌辞之词第三种美感特质了。

现在我们就来看冯延巳。说起来，这小词真的是很妙，它本来是民间的俗曲，后来到了五代的时候，《花间集》编订了诗人文士在歌筵酒席间的写给歌女唱的词。而在这些写词的人中，韦庄是前蜀的宰相，冯延巳是南唐的宰相。我刚刚讲了韦庄词的美感特质，现在我们看冯延巳的词，那又是另外的一种美感特质了。韦庄跟温庭筠，都爱写《菩萨蛮》的调子，写得都很好。而冯延巳则是写《鹊踏枝》的调子写得很好。这个《鹊踏枝》的牌调还有一个别名，叫作《蝶恋花》。像晏殊、欧阳修用这个牌调，他们都写的是《蝶恋花》，可是冯延巳用这个牌调写的是《鹊踏枝》。他写了好几首《鹊踏枝》，写得非常有特色。我们现在看他的一首《鹊踏枝》：

谁道闲情抛掷久，每到春来，惆怅还依旧。

日日花前常病酒，不辞镜里朱颜瘦。　　河畔青芜堤上柳，为问新愁，何事年年有。独立小桥风满袖，平林新月人归后。

这真是非常妙的一件事情，我说过温飞卿，他常常用客观的笔法，不大写主观的感情，因此他的词往往缺少直接的感动。像他的“小山重叠金明灭，鬓云欲度香腮雪”，就只是客观地描摹美丽的装饰、美丽的衣服和美丽的女子，它不给你一个直接的感动，但也正因如此，它那些精美的名物能够使读者产生丰富的自由联想。韦庄呢？韦庄是主观的，常常给你直接的感动。可是韦庄的直接感动往往被具体的情事所拘限。我们讲他那几首《菩萨蛮》，还不大感觉到这一点，其实韦庄常常写一些个短小的小词。比如他有一首《荷叶杯》说：“记得那年花下，深夜。初识谢娘时。水堂西面画帘垂，携手暗相期。”他说我记得那一年在一片花丛之下，在一个深夜的晚上，我第一次认识了那个女子。有时间，有地点，有人物，说得真是比较现实，甚至过于现实了。而当你说得过于现实的时候，虽然能够给读者直接的感动，但同时也就拘限了读者，限制了读者自由联想的想象力。而现在我们要讲的冯延巳的词，它却同时兼有温韦两家的长处，也就是说，冯延巳他既有韦庄的主观感情，给读者以直接的感动，可是同时又不被具体的情事所拘限，能够给读者以自由联想的空间。所以这真是很妙的：能够写出来非常直接的感动，而又不被一个现实的情事所拘束和限制，这就是冯延巳词的美感的特质。现在我们就来看他是怎么样表现他的直接的感动，又是怎么样不被现实的情事所拘限的。事实上，冯延巳跟韦庄有一个很大的不同。韦庄写感情很直接："此度见花枝，白头誓不归"，直接就把感情说出来了；"红楼别夜堪惆怅，香灯半卷流苏帐"，我是为了离别后的怀念而忧伤的；"凝恨对残晖，忆君君不知"，我的哀伤是由于我有一段回忆的往事。可是冯延巳不然，他说"谁道闲情抛掷久"，第一句话就转了很多的圈子。那是一种什么感情？是为离别而感伤吗？是有一个别夜，是有一个美人吗？是有一个故国吗？人家什么都没有说，人家说是"闲情"。什么是闲情？闲情是你一闲下来它就涌上来的一份感情。那是无可解说的。曹丕曾经写过一首诗，说："高山有崖，林木有枝，忧来无方，人莫之知。"大自然有山有树，树上有树枝，天生来就是如此的。而我的忧愁也是一样，它忽然间就涌上来了，"无方"就是不知道从哪个方向来。你为什么一闲下来就有一段哀伤？别人不知道，你自己也说不出来，这就是所谓"闲情"。可是你为什么要沉溺在这种无端的没有来由的闲情惆怅之中呢？所以你就要把那闲情抛掷掉。"抛掷久"，我尽量要把它排除掉，而且我做了长期的努力。你看，这"闲情抛掷久"五个字里边已经就有了很多的转折。可是他前边加了一个"谁道"，是"谁道闲情抛掷久"。那些闲情一下子又都回来了。谁说我已经把那些闲情抛掷掉了？我虽然做了长久的努力，可是我始终也没能把它抛掷掉嘛。所以，你看他开头一句就有很多的回环转折在里边。那么为什么我知道我没有能把它真正抛掷掉呢？因为"每到春来，惆怅还依旧"。每当春天到来的时候，每当杨柳转绿的时候，每当春水涨起的时候，那种无端的惆怅哀伤就又涌上了我的心头。那么，既然你无法抛掷你的闲情和惆怅，你怎么样自己来慰藉自己？他说是："日日花前常病酒，不辞镜里朱颜瘦。"每当春天，每当我看见草绿看见花开，我就有一种说不出来的惆怅，没有办法排解，于是我就在花前饮酒饮到沉醉，饮到病酒。"病酒"，就是喝酒喝到像害病一样地痛苦。他不但是病酒，而且是花前"常"病酒，是日日都在花前病酒。这真是冯延巳！你为什么这么固执？你为什么不肯解脱？你为什么不把它放下？杜甫有一首写花的诗说："一片花飞减却春，风飘万点正愁人。"花真的美丽，但花真的也让人哀伤。在温哥华，从我的住家到我的学校，是一条长路，我每天早晨开车从我家到学校去，沿路上两边都是樱花树，每到春天，我就亲眼看到树叶的发芽，亲眼看到花朵的含苞，亲眼看到花朵的盛开。往往不到一天的工夫，上午还是满树的花朵，转眼下午你再回来，地上就零落了满地残花的花瓣。所以杜甫说"一片花飞减却春"，当有一片花瓣开始飘落的时候，那春天就已经不完美了，更何况是"风飘万点正愁人"，一阵狂风，飞花万点，满地落花如雪。所以杜甫说，"且看欲尽花经眼，莫厌伤多酒入唇"。你怎么样面对这样短暂而美丽的春天？你怎么能够忍心眼见它开花又眼见它零落？这个"且看"的"且"字说得好：你就姑且看看，你明天再想来看，连树上这几朵残花都没有了。因此你就不要推辞，是"莫厌伤多酒入唇"。"酒入唇"当然是饮酒了；"伤多"就是"病酒"。为什么病酒？因为我没有办法面对这些残花，没有办法面对这些如此美丽的生命之完结。你说明年花还会开，明年再看不行吗？可是，"君看今日树头花，不是去年枝上朵"，"明年此会知谁健，醉把茱萸仔细看"。花是如此，人生也是如此。而当你"日日花前常病酒"的时候，你就会憔悴，就会消瘦，而且你就亲眼从镜子里面看到你自己的消瘦。这是冯延巳的又一个特色：他的感情写得缠绵郁结、千回百转还不说，而且他是有反省的，他有一种反思。像我认识的一个朋友，抽烟抽得非常多，你劝他说不要抽烟了，他不肯听，每天还是抽。有一天医生检查了，说他的肺有了毛病，不能再抽了。这一个警告很有用，他从此果然就戒了烟，再也不抽了。当你不知道你的身体有病的时候，你还在抽，而当你知道了你就停止了。可是冯延巳不然，他说我虽然自己亲眼看到镜里的朱颜瘦，可是我“不辞”——我不逃避，我不推辞，我宁愿为它憔悴，宁愿为它消瘦。这就是柳永词所说的“衣带渐宽终不悔”了，那是因为我“为伊消得人憔悴”。所以，这小词并不讲什么道德什么思想，小词就是表现了一种如此之幽约怨悱的“感情的意境”。而冯延巳所表现的是一种什么样的意境？他所表现的是我的固执、我的坚持、我的操守、我的担荷、我的不逃避。这就是一种境界。我不想用道德来解说这种境界，我只能说，冯延巳小词的这种美感之中，有一种作者的品格在里边。

下面，“河畔青芜堤上柳”是写景。他前面不是说“每到春来，惆怅还依旧”吗？那是言情。这个情和景是互相呼应的。我为什么每到春来惆怅还依旧？就因为我看到了“河畔青芜堤上柳”。古人说，“春草碧色，春水绿波”，“千里万里，二月三月，行色苦愁人”，那每一寸的春草都是我的哀伤。“河畔青芜堤上柳”，堤上那每一丝飘拂的杨柳，都引起我的哀伤。所以他说，“为问新愁，何事年年有”，我内心之中的忧愁，为什么总是随着春天的到来而产生？实际上，所谓“新愁”其实就是“每到春来，惆怅还依旧”的那个旧愁。

所谓“年年有”的，其实也就是前边说的那个久已想要抛掷的“闲情”。所以你看，他是盘旋反复缠绵不断地来写他的愁，这是冯延巳的一个特点。那么，这种愁你如何摆脱，如何解脱？他说，“独立小桥风满袖，平林新月人归后”。我无可告诉，我也无可解脱，所以我就一个人站在小桥之上。“独立小桥”还不说，而且是“风满袖”，因为桥本来是架在河上让行人通过的，它和房子不一样，它没有遮蔽，不能够为你挡住四野的风。所以他是一个人孤单地站在一无遮蔽的小桥上，承受着四野寒风的吹袭。李商隐有句曰：“远书归梦两悠悠，只有空床敌素秋。”我要寻找安慰，我要寻找同情，安慰和同情在哪里？若是我所爱的那个人她给我一封信，我就会感到温暖。但是我已经很久没有接到书信了。那么如果我做一个梦，在梦中回到我所怀念的那个人身边去，那也是一种安慰。可是我近来也没有做过一个梦，是“远书归梦两悠悠”，两样我都没有。那么我用什么来抵挡眼前的这一份寒冷？只有我的一张空床，只有我单独的一个人，而我所要面对的却是如此寒冷肃杀的秋天。这里也是一样，“独立小桥风满袖”，你为什么站在那里不回去？桥是供人通过的，不是供人停留的，人家都从桥上走过去，你却站在那里不走，你看到了什么？是“平林新月人归后”。“平林”，是远处的丛林。近处的林木显得很高，而远处的丛林看起来是平平的一片。新月已经升上来了，所有的行人都回去了，只有他自己孤独地站立在小桥上，承受着夜的寒冷和风的吹袭。

冯延巳在什么样的情景下写出了这样的词呢？孟子说：“颂其诗，读其书，不知其人，可乎？是以论其世也。”所以，我们要说一说冯延巳的生平。如果我们说有一个人从他出生的那一天就注定他是一个悲剧的人物，天下有这样不幸的人吗？可是不幸的是，冯延巳就是从出生下来就被命定了的悲剧人物。为什么呢？因为冯延巳是广陵人，广陵在五代十国的时候，是南唐的国土。他所生的那个时代，他所生的那个地点，注定了他悲剧的命运。他出生在南唐的广陵，他的父亲冯令頵侍奉南唐的烈祖，南唐烈祖就是南唐的开国皇帝李昇，南唐的第二个皇帝是中主李璟，第三个皇帝就是后主李煜，也就是李后主了。冯延巳的父亲冯令頵在南唐烈祖手下做到吏部尚书，而冯延巳少年的时候就表现出了才华，于是烈祖就让他与后来的中主李璟在一起交游。所以冯延巳是从少年时代就与李璟交游的。李璟曾被封作吴王，冯延巳就在李璟的府中做掌书记。在李璟没有做皇帝的时候，两个人就建立了很好的友情。冯延巳喜欢写词，南唐中主也喜欢写词。南唐中主李璟写过一首小词《摊破浣溪沙》，里边有一句"小楼吹彻玉笙寒"。冯延巳写过一首小词《谒金门》，开头两句是"风乍起，吹皱一池春水"。据历史记载，有一天中主李璟跟冯延巳开玩笑说："吹皱一池春水，干卿何事？"冯延巳就说："未若陛下'小楼吹彻玉笙寒'。"这说明，冯延巳跟李璟是有很亲密的关系的。冯延巳生在南唐这个必将灭亡的国家，而又担当了这个必亡国家的宰相职务。因为那时候北方的后周已经逐渐强大起来了，南唐没有力量与北方抗衡，而且朝廷内部还存在党争，有人主战，有人主和。作为宰相的冯延巳处在党争的交相攻讦之中，他内心有很多感情是难以言说的。近代香港一个很有名的学者饶宗颐先生就曾经赞美冯延巳的词，说他的"日日花前常病酒，不辞镜里朱颜瘦"真是写得好，是"具见开济老臣怀抱"。什么叫“开济老臣怀抱”？诸葛亮辅佐先主开国，又要为后主挽回危亡的局势，这就是“开济”。因为诸葛亮受先主三顾之恩，他不能够也没有办法放弃。南唐进不可以攻，退不可以守，是必亡的国家，冯延巳作为这个国家的宰相，而且还受到满朝党争的攻讦，但是由于他和李氏父子的关系，他也没有办法放弃。他眼见南唐的危亡日夕迫近而无可奈何，而且他还要担负这个责任，所以他内心的苦恼是可想而知的。关于冯延巳的词，张尔田的《曼陀罗寱词序》里边就曾说：“正中身仕偏朝，知时不可为，所为《蝶恋花》诸阕，幽咽惝恍，如醉如迷，此皆贤人君子不得志发愤之所为作也。”这是一种幽咽怨悱而且还不能够说出来的感情，这首《蝶恋花》就表现了他的这样一种感情。其实不但是张尔田这样说，陈廷焯的《白雨斋词话》上也说，像冯延巳《蝶恋花》这样的词真正是“情词悱恻，可群可怨”，又说他的这首“谁道闲情抛掷久”是“始终不渝其志，亦可谓自信而不疑，果毅而有守矣”。

冯延巳的词，我们也可以说同样的有一种双重的语境。在偏安一隅的南唐小环境里边，他暂时还可以听歌看舞，他还可以在酒宴上给那些当时流行的音乐填写歌辞；可是大环境已经是北方的北周势力日益强大，南唐危亡的迹象已经很明显了。因此，他的词里边就流露出这样一种忧危念乱的感慨，或者说是一种“忧患意识”。其实冯延巳有很多首词都写得很好，我现在再念他一首《抛球乐》：

酒罢歌余兴未阑，小桥流水共盘桓。波摇梅蕊当心白，风入罗衣贴体寒。且莫思归去，须尽笙歌此夕欢。

“酒罢歌余”者，是酒既饮罢，歌亦听残，然而意兴犹有未尽。“盘桓”，是徘徊不去的样子。陶渊明说“抚孤松而盘桓”，松的坚韧，松的耐寒，松的挺拔，松的不凋落，那是陶渊明的选择，他与孤松有一种共感。冯延巳在这里是与小桥流水共盘桓，小桥流水的那种冷落凄清，则是冯延巳此时的心态。“波摇梅蕊当心白”，那一份水中光影的摇动其实也是内心的摇动；“风入罗衣贴体寒”，是风一直吹到了肌肤之中的寒冷。“贴体”既然是人的身体，那么前面的“当心”也就令人想到人的内心。那水中摇荡的波光花影，也是我内心的迷离惆怅。“且莫思归去，须尽笙歌此日欢”，与开头的“酒罢歌余兴未阑”是相呼应的。“且莫”，是暂时不要；“须尽”，是一定要做到终尽。结合冯延巳的身世与感情来看，这里边真的是有难以言说的一份情意在。这就是冯延巳的歌辞之词所特有的一份美感特质，与温韦歌辞之词的美感特质是有所不同的。所以，小词表面上是歌辞，但是里边有非常丰富的、深远的一种感动人的情意。

我想，歌辞之词的部分今天就结束在这里。因为时间的关系，歌辞之词只能够简单地介绍这几位作者，每一个作者的作品都具有不同的美感特质。但是中国词的发展没有停止在歌辞之词，它继续发展，就有了苏东坡、辛弃疾，他们要在我们的下一讲才会出现。

王小荣 孙爱霞 安易整理

第二章 诗化之词

本章以李煜、苏轼、辛弃疾三位作者的作品为例证阐述了诗化之词的特征。诗化之词虽然已回归直接自叙的主体性，不再像歌辞之词那样仅仅是在娱乐时为歌女而写，但其佳作仍然保留了歌辞之词的那种低回婉转的口吻姿态和幽微要眇富于言外意蕴的特殊的美感。

第一讲

李煜把自己生命中最深切的感受写进了词，而且竟能以他个人所遭遇的悲哀痛苦使读者感受到千古人类共同的悲哀痛苦，所以王国维说他的词是“以血书者”，并说他的词“有释迦基督担荷人类罪恶之意”。

前两次我们讲了晚唐五代的几位词人：温庭筠、韦庄和冯延巳，我把那一类作品划入“歌辞之词”的范围。这次系列讲座的总主题是词的美感特质，以前两次所讲是“歌辞之词”的美感特质。很多人以为讲晚唐五代的词，为什么你没有讲最有名的一位作者李后主呢？因为，我要把李后主的词归纳到第二类——我称之为“诗化之词”的美感特质。

很多人谈词，只是泛泛地称之为“词”，甚至于诗、词都不分，因为诗、词都押韵，都是美文。其实，诗有诗的美感特质，词有词的美感特质，而且不同类型的词有不同类型的美感特质。我从开始第一讲就说过，词的兴起是一件很特殊的事情，与诗不同。诗是言志、抒情的；是“情动于中，而形于言”；诗人所写的，是他自己的感情、感受、思想、意念。可是词不是，词在开始的时候，就是写给歌女来唱的歌辞。而我所说的“词的开始”，是指词印刷成书，流传在文士之间的开始。当然，更早期的词，我也说过，那是敦煌的曲子。但是敦煌的所谓“俗曲”，一般士大夫认为它的语言鄙俗、浅陋，没有流传的价值，所以从来不把它印刷出来。一直到晚清，在敦煌石窟之中，才发现这些词的写本，才发现原来在唐朝的时候，就曾经流传过这样的俗曲。可是后来，自五代以后，一直到明朝以至于清朝的前期，都没有看见过这一类的词，他们所看见的第一本词集就是《花间集》。

我说过，《花间集》的编选有一个特殊的目的，就是给诗人文士编了一本歌辞的集子。我们上次引过两句《花间集》的序言：“庶使西园英哲，用资羽盖之欢；南国婵娟，休唱莲舟之引。”——当那些诗人文士们在西园赏花、饮酒、游乐的时候，这本集子所收的是给歌女唱的文人诗客的歌辞。这些歌辞是不必叙述作者自己的思想和感情的。

我上次也曾经引过一段宋人笔记里的话，说是释惠洪的《冷斋夜话》曾经记载了一段故事：当时有一个佛家的大师对黄山谷说：“诗多作无害，艳歌小词可罢之。”黄山谷说“空中语耳”，这是空中语，这不代表我黄山谷的思想感情，不是言志的，是歌辞之词。所以温庭筠所写的“小山重叠金明灭”，韦庄所写的“红楼别夜堪惆怅”，冯延巳所写的“谁道闲情抛掷久”，那都是歌辞之词，是交给歌女去唱的。

我们知道，李后主喜欢歌舞宴乐，熟悉词的曲调，但我没有把他晚年的一些词归到“歌辞之词”里边去。因为经历了破国亡家这一份惨痛的经历之后，凭他对歌辞音乐的熟悉，很自然地就把自己破国亡家的悲哀写到词里边去了。那个时候，他写的虽然也是可以配合音乐歌唱的歌辞，但已不是“空中语”，已不只是写来给歌女去唱的歌辞，而是他自己在抒情言志。那是什么？那是诗篇啊。也就是说：虽然形式上是词，内容却是作者自己写自己的思想、感情、遭遇、意念了。所以，我把李后主归纳到“诗化之词”里边，把他作为向“诗化之词”转折的一个开始。

那么后来发展下来，写“诗化之词”最有名的作者就是苏东坡，还有辛弃疾。我们讲“诗化之词”要讲的就是这三位作者。第一首，我们先看李后主非常有名的一首歌辞，这也是大家都很熟悉，很多人能够熟读成诵的《虞美人》。

他说：“春花秋月何时了，往事知多少。小楼昨夜又东风，故国不堪回首月明中。　雕栏玉砌应犹在，只是朱颜改，问君能有几多愁”，可能这个字幕写的是“问君都有几多愁”，有的版本是“问君能有几多愁”，“恰似一江春水向东流”。

大家都说这首词是好词，前人对它有过不少评语。清朝非常有名的一位词学家陈廷焯在他的《云韶集》里边评过这首词，他说：“一声恸歌，如闻哀猿，呜咽缠绵，满纸血泪。”

这是李后主的词，他的词何以好呢？还有人评论李后主的歌辞，最有名的当然是王国维的《人间词话》。王国维在《人间词话》中说：“词至李后主而眼界始大，感慨遂深，遂变伶工之词而为士大夫之词。”王国维是一个有眼光的人，他不是泛泛地评说一位作者、一篇作品的好坏，他是真的掌握了要点。他说：词到了李后主眼界才开阔，感慨才深远，就变“伶工之词”，就是“歌辞之词”变成“士大夫之词”，就是“诗化之词”了。所以王国维虽然没有像我这样说明，说是从“歌辞之词”变到“诗化之词”，但他的意思是如此的。那么这首词何以好呢？

王国维还说过一句话，他说李后主“有释迦基督担荷人类罪恶之意”。李后主每天耽溺在歌舞享乐之中，把一个国家送到灭亡，他有什么释迦基督的拯救世人的这种伟大志意呢？没有，可是王国维说李后主有释迦基督担荷人间罪恶的意思。按照宗教来说：李后主本人就是罪人，他担荷人间什么样的罪恶？可是释迦牟尼说“我不入地狱谁入地狱”，我要拯救所有的罪人；基督说“我为世人的罪恶钉死在十字架”，我负担的是世人的罪恶。李后主就是罪人，他不能负担我们世人的罪恶，可王国维这样说，就是因为李后主写出来的，其实不是世人的罪恶，王国维用“担荷人类罪恶”来说，他是借用释迦牟尼的佛教的话。李后主所担荷的不是人类的罪恶，而是人类所有的悲哀，人类所有的痛苦、无常的悲哀。我们人类共同的悲哀是什么？是无常——生命是短暂的，一切在变化之中。李后主的词，就能写出这种无常的变化。

你看这首《虞美人》，它说“春花秋月何时了，往事知多少”，两句织成一面大网，把我们所有的人都网在他的网中了。我今年已经八十多岁了，“春花秋月何时了，往事知多少”。真是，每年有春花开，每年有秋月圆，年年花开，年年月圆，春花秋月何时了？每年中秋，我在南开大学跟我的学生们一起过节；每年春天，我回到温哥华，我上次说的，温哥华“春城无处不飞花”，我每天开车去学校，道路旁边有很多花树。我在路上看到那樱花树，它长叶，它含苞，它开放，再到“一片花飞减却春”的零落，春花秋月何时了？我到现在每年也看到春花开，每年也看到秋月圆，往事知多少？我现在 82 岁，有过多少往事？你们今天看见我站在这里，以为我一生都是顺利地度过来的吗？都是养尊处优的吗？完全不是，我一生经过了多少物质上的、精神上的、感情上的、生离的、死别的，种种的痛苦！“春花秋月何时了，往事知多少”，这两句话，把我们所有的人类都打进这个大网之中了，他担荷的不是人间的罪恶，是人间的痛苦。

“小楼昨夜又东风。”亡国之后，李后主被赵宋俘虏，带到北方囚禁起来，他住在一个小楼之上。昨夜又东风，东风是春天的风，春风又回来了，这句呼应了第一句的春花。“小楼昨夜又东风”，可是李后主，他虽然没有活到我的 82 岁，但是他身经了破国亡家的惨痛经历，他的故国就“不堪回首”在“月明中”了。

李后主还写过其他的词，他说：“多少恨，昨夜梦魂中。还似旧时游上苑，车如流水马如龙，花月正春风。”“帘外雨潺潺，春意阑珊。罗衾不耐五更寒。梦里不知身是客，一晌贪欢。”一晌就是那么短短的一会儿，我梦中仍然有我当年在故国做君主时的欢乐，现在亡国成了阶下之囚，“小楼昨夜又东风，故国不堪回首月明中”。

你会发现，我们讲的是美感，不是道德，不管李后主的道德如何，我们讲的是其词的美感，而这两句，我不但说

“春花秋月何时了，往事知多少”，写尽了我们人类所有无常的哀感，而且你要知道，这几句话都是两两的对比：“春花秋月何时了”，永远在轮回，春天每年的花开，秋天每年的月圆，这是永恒的，是宇宙不变的那一面；“往事知多少”，是我们人世的无常，是变的那一面；“小楼昨夜又东风”，是宇宙永恒的不变的那一面；“故国不堪回首月明中”，是变的那一面：一个是不变，一个是变的，一个又是不变，一个又是变的，就这么两两的对比。

“雕栏玉砌应犹在，只是朱颜改。”李后主在南唐时的歌舞台榭，都是“雕栏玉砌”——那雕刻着花纹的栏杆，那白玉石的阶砌。我曾去江南游历过，来到南唐的故国所在，到过南唐中主的读书台。一直到我去游历的八十年代，雕栏玉砌依然在，我当时曾看见一道栏杆，他们说：这是南唐的中主读书台的栏杆。栏杆是石头的，石头是没有生命、没有感觉、没有感情的，它是不变的。“雕栏玉砌应犹在”，可是人呢，“只是朱颜改”。李后主少年的时候，当他做君主的时候，那是多么美好的日子！他还曾经写过一首小诗：

> 风情渐老见春羞，
> 到处芳魂感旧游。
> 多谢长条似相识，
> 强垂烟穗拂人头。

我年岁老了，我的衰颜如何对那树上的红花？所以“只是朱颜改”，人都是走向衰老的，于是“风情渐老见春羞”，这是李后主的诗。所以你看，他前面六句都是两两的对比，都是永恒与无常的对比。人本身是无常、无可奈何的，在这种无常的人世之中，你的往事你的年华，你美好的光阴和感情，一切都消逝了。天下惟有你的年华永远不会回来，“问君能有几多愁”？在这种对比之中，我们每一个人，你生在无常的人世，有多少哀愁？“恰似一江春水向东流”，这是滔滔滚滚的，是李太白说的“君不见、黄河之水天上来，奔流到海不复回；君不见、高堂明镜悲白发，朝如青丝暮成雪”。“问君能有几多愁，恰似一江春水向东流”，那是往而不返、永远不回头的，是“东逝水不复向西流”，这是李后主的一首词。

因为今天要讲三个作者，苏东坡、辛弃疾都有很多词要讲，所以我们现在只简单地看李后主的两首词，还有他更短的一首小词——《乌夜啼》，我们还是先把这首词读一遍：

> 林花谢了春红，太匆匆。无奈朝来寒雨晚来风。　　胭脂泪，相留醉，几时重？自是人生长恨水长东。

“林花谢了春红”，李后主的词真是好，你不用雕章琢句，不用咬文嚼字，人家就用这样的浅白直率的语言，写出来他内心的深悲极痛。所以王国维曾经赞美过李后主的这首词，他说：“尼采谓：‘一切文学，余爱以血书者。’后主之词，真所谓以血书者也。”他说：一切的文学，我最喜爱的是用血写下来的。有人只看到表面的文字，说王国维这种评语不大恰当，说小词里边大半都只写到泪，没有写到流血的。冯延巳的词，“泪眼问花花不语”，说的是泪，哪里写到流血了？没有战争哪里有流血？可是为什么他说“一切文学，余爱以血书者”？血是你的生命，你是真正用你的生命写出来，不只是用文字写出来的。不是咬文嚼字，不是雕章琢句，是把你内心真正的感情、真正的生命写出来。

我的学生都知道我常常说两句话，我说凡是伟大的诗人，像屈原、杜甫、陶渊明，都是用他们的生命写作他们的诗篇，用他们的生活实践他们的诗篇的。所以王国维说“后主之词，真所谓以血书者也”，他用他最真诚、最深切的一份感情，不是那不关痛痒的、模糊冥想的感情。

就这么简单的六个字：“林花谢了春红”，真是写得好！“林花”是满林的花，不是只有一片花，不是只有一朵花。满林什么样的花？是春红，最美好的季节，最美丽的颜色。可是正如杜甫说的，“且看欲尽花经眼”，满林的花都凋谢了，你留得住吗？你留得住一朵花吗？你一朵也留不住。尽管它在最美好的季节开出颜色最美丽的花朵，但你留它不住啊。不是因为它不美，它才零落，它是最美丽的、最美好的，可是它毕竟零落了，它终于要零落的。“林花”的“林”字真是用得好！“春红”：美好的季节，美丽的颜色。他真的掌握了那个要点，而中间的“谢了”两个字，你看这是多么浅俗的两个字：“谢了”，“林花”是“谢了春红”，“谢了”这两个字包涵了多少无可挽回的悲哀！谢了，就完全谢了，你再也留不住它了。

“林花谢了春红”，这是我眼睛所看见的；然后我心里边所想的呢？“太匆匆”，为何这么快花就零落了？我说过我在温哥华曾看到路旁花开，早晨开车去学校时树上还是刚刚开出来的花，下午回来地上却已是零落的花瓣。温哥华天气很好，那里的花还是慢慢地每天落一点。1984年秋季我在北师大教书，那年我是带我女儿回来的，我教诗词，她教英文，我们就住在友谊饭店。友谊饭店的院子里有很多榆叶梅的花树，春天的早晨，我们俩一起吃完早点去上课，出门一看：哎呀！我们住房前面的一棵榆叶梅开了满树的花，非常好看。但是我们都要去上课，我就跟我女儿说：咱们下午回来给这里的花照一张相。偏偏那天就起了卷地的狂风，你要知道我们北方那种尘土飞扬的狂风！所以下午再回来，已是面目全非。所以，花的生命是短暂的，可就在这短暂的生命中要经历多少的摧伤！如果说它只有三天的生命，三天中你给了它风和日丽，给了它天晴日暖，你对得住这个花，对得住它的生命，可是没有啊，就是那天早晨我们刚刚看到满树花开，下午就面目全非了，所以是“太匆匆”，为什么这样匆忙？美好的生命为什么这样短暂无常？

“无奈朝来寒雨晚来风”，他说：我无可奈何，天生来外在有这么多摧毁的力量——大自然的、人世间的，你处处遇到多少摧毁的力量，早晨有阵阵的冷雨，晚上有阵阵的寒风。而它早晨有雨就没有风吗？晚上有风就没有雨吗？你要知道在诗歌里边凡是像“朝暮”“春秋”这样两两对举的，都有包举一切的意思。“朝来寒雨晚来风”，他所包举的是朝朝暮暮的雨雨风风。你看他就这么短短的三句：“林花谢了春红，太匆匆。无奈朝来寒雨晚来风”，包举了我们人类多少的悲哀。人类不只是无常——太匆匆的无常，而且这么短暂无常的生命之中，充满了多少挫折、多少痛苦、多少灾难！你无奈，无奈那“朝来寒雨晚来风”。

下片他说：“胭脂泪，相留醉，几时重？”花上有风雨，每滴雨点滴落在红色的花朵上，就好像女子胭脂脸上的泪痕，所以是“胭脂泪”。他用“胭脂泪”三个字把花与人结合在一起了：那鲜艳的红花上的雨点就像美丽的胭脂脸上的泪痕。“胭脂泪，相留醉”，每一朵花都像在跟我说话。我们说“花解语”，每一朵花都像在跟我说话，每一片红色花瓣上的雨点都像是擦着胭脂的美人面颊上的泪痕。“胭脂泪，相留醉”，它就留我：你既然爱我这样的花，为什么不为我再喝一杯酒呢？我们上一次讲冯延巳的词，说“日日花前常病酒”；杜甫说“且看欲尽花经眼，莫厌伤多酒入唇”，今天的花就要落了，你不要推辞，再为它喝一杯酒吧。因为明天你就是愿意为它喝酒，那花也不存在了。“胭脂泪，相留醉”，它要我为它再喝一杯酒，为什么？“几时重”，明天它就不在了，你再想为它喝一杯酒也没有这个机会了。

我上次讲冯延巳的词时也说过：今年的花落了，明年还会再开。王国维写过两句词：“君看今日树头花，不是去年枝上朵。”你看今年的树上虽然再开花，可它已不是去年枝上那一朵了，那一朵花在世界上永远消失，再也不会回来了。就在我们讲课的期间，2005 年 1 月 15 日晚上七点半钟过去以后，宇宙之间永远再没有这一刻钟了。“胭脂泪，相留醉”，你记住，永远不会回来了。所以他最后说，“自是人生长恨水长东”：人生，不用说你遇到很多挫折痛苦，种种的不幸，就是无常本身就是人类最大的痛苦、最大的悲哀，无可奈何的。所以王国维说后主的词，真是有释迦基督担荷人类罪恶悲哀的意思。王国维还说：“词至李后主而眼界始大，感慨遂深，遂变伶工之词而为士大夫之词。”就是说从词的演进来看，李后主所写的是个人破国亡家的悲哀，但因为他有这样敏锐的感受、这样多情的心灵，所以他能以个人一己的遭遇和感受写出我们人类所共有的悲哀和感受。

詹安泰也是近代的一位词学家，他有一本书写李璟李煜词，在前言中说：后主词所写的具体内容也还是个人的感慨、个人的感触、一时的现象，是他偶然看到花落，看到“林花谢了春红”，感到“小楼昨夜又东风”，这是他一个人的感受，一个人的遭遇，然而他的概括力很强、很广大，所以他把我们所有的悲哀都写进去了。这是诗，用自己的感情、自己的生命来写作的诗歌。

我们下面就来看另外一个有心把“歌辞之词”诗化起来的作者——苏东坡。

所谓“诗化”，就是诗人用抒情言志这样的写法来写词，而不再是写给歌女唱的歌辞，是写我自己的生命，写我自己的悲哀、我的遭遇、我的生活。后主词虽然诗化了，可李后主是无心的，因为以他那种锐感深情的个性，遭遇到破国亡家的悲哀，自然会有这样的转变。所以说“词至李后主而眼界始大，感慨遂深”，是由于他自己的遭遇，自然而然得到这样的结果，他没有一个理智上的反省，说“歌辞之词”都是写美女跟爱情，我现在要改变了，我要写人类的无常，他没有，他李后主是一个没有理性反省的一个人。而我们现在要讲的第二位作者，那是真正出于作者自己的本心，是有心要把“歌辞之词”诗化起来的一位作者，那就是苏东坡了。

苏东坡是有心要把词“诗化”起来的一位作者，在讲他的词之前，我先要讲有关东坡的一些小故事。李后主沉溺在悲哀痛苦之中，往而不返，他落下去再也不回头了；苏东坡不然，他是一个有反省有反思的人，不但有反思，而且有觉悟。你在世界上生活，你只有你的聪明吗？你只有对于现实之中物质的利害的分辨能力吗？你有没有对人生超然的觉悟？苏东坡对于人生真的有一种旷观的觉悟。我没有时间讲历史，也没有时间仔细介绍苏东坡的生平，我只能简单地说有关他的两个故事。

《宋史》里边当然有苏轼传了，传上记载了两个小故事。一个故事说，苏轼小时候跟他母亲读书，他父亲当然是苏洵苏老泉，我们说是眉山的苏家。苏洵也喜欢读书，文章写得也很好，常常到各地去游学。古人说，你要历览天下的名山大川，要多见一些大师的人物，看一看人家的风度，人家的襟怀，所以读书人常常要出去游学。游学既要游览山水，也要拜访人物。苏洵去游学，苏轼留在家里边，由他母亲程氏来教他读书。当然，中国旧时所有的读书人都是从经史读起的。他有一天读到《后汉书》，看到其中一篇范滂的传记，传记上记载说，范滂这个人从年少的时候就有“清节”，他从小立身处世，就有这种“清节”——不同流合污的一种节操。而在东汉末年桓帝、灵帝的时候，天下混乱，桓帝时冀州有盗匪作乱，皇帝就授命范滂做清诏使，去巡视叛乱的地方。记载说范滂“登车揽辔，慨然有澄清天下之志”。

我们上次也讲了，“歌辞之词”虽然都是给歌女写的歌辞，为什么很多词学家都从小词里边看到什么寄托啦，有什么理想啦，为什么？我说过，中国有一个士的传统，士就是读书人，这从春秋时代就有了，“士志于道”，“士当以天下为己任”，文天祥说的：“孔曰成仁，孟曰取义……读圣贤书，所学何事？”你读了圣贤书，你有没有圣贤的志意？你学到了什么？古人读书不是只为拿文凭，不是只为拿学位，不会只为评等级，他真的是为了自己的修身做人，所以荀子的《劝学》说你是“入乎耳，箸乎心，布乎四体，形乎动静”，这是古人的读书。

范滂从少年时代就有这种保持自己不同流合污的操守，那次他所受的诏命是要平定盗匪的叛乱，所以就“登车揽辔”，上了车，拉住马缰绳，“慨然有澄清天下之志”，说我范滂不去则已，去了一定要把那个地方治理好，他有这样的志意。可是，事不可为，由桓帝而灵帝都是宦官专权。我现在来不及讲历史，可大家要知道：东汉发生过“党锢之祸”，那些宦官迫害了很多主持清议的党人，范滂也被牵累进去了。将要被捉拿时，他对母亲说：我现在要辞别老母，不能够尽孝了。他母亲就说：一个人岂能够既有令名，又有富贵？你不能够既有一个品节美好的名声，还要贪图富贵享乐的生活，天下事情不能够两全。有人说这是道德的“二律背反”，是善还是恶？你是遵从道德正义的一面，还是依从你自己的私心私利呢？所以范滂的母亲就说：你不能够既有令名，又有富贵，你去吧。于是范滂就走了。

东坡那时候还很小，但他读了这一段时很受感动。天下人很奇怪，有人读书是不受感动的：他只用脑子，不用心灵，也没有感情，只是为了考试。只要明天考试答对了能多得一点分数，得到什么奖升了什么级就好，他根本不想书里边讲的是什么道理，所以人的读书是不一样的。同样在一个教室里读书，每个人所得也各不相同。当苏东坡读到范滂传这一段历史时马上就问他母亲：我将来要做范滂，您会做范滂的母亲吗？也就是说：如果将来在正义与私心不能两全的时候，我为了正义要有所牺牲甚至于牺牲生命，母亲也能像范滂的母亲那样支持我吗？他母亲程氏就说：如果你能够做范滂，我怎么不能做范滂的母亲呢？这是苏东坡的一面，终其一生，不管他在北宋的党争之中经过了多少挫折苦难，回到朝廷他一定是关心朝廷和人民的利弊，应该说的话他一定会说的；他就是流放到远方，只要对当地老百姓有利的事情，他也一定尽心去做的。

有一次我跟一个同学谈起周邦彦与苏东坡的不同之处：都在党争之中，苏东坡所想到的是国家和人民，周邦彦到后来就只想保全自己，所以他少年时从太学生升到太学正，从学生一升就升到主管。经过党争之后，他就绝口不言，再也不说什么话了，为什么？要保全自己，这就是两个人的作风迥然不同的地方。

我们刚才说苏东坡小时候跟他母亲读书。读到范滂传，马上就有了志意被激发的感动。等他稍微长大一点，就自己读书，读到《庄子》，他非常兴奋地说："吾昔有见，口未能言；今见是书，得吾心矣。"他说：我从前对于人生有一种体会、一种看法，自己都不知道怎么说出来，现在看到《庄子》这一本书，真是说到我心里边去了。

我们没有时间讲历史，也没有时间讲庄子，我都是讲故事，《庄子》里边也有两段小故事。中国哲学与西方哲学有很大的不同：西方哲学都是思辨，而中国这些思想家的哲学一个一个的都是故事和寓言。《庄子》就讲了很多小故事，有一段故事很美，它说："藐姑射之山，有神人居焉。""藐姑射"是相传中的一座山，庄子说那山上有一位神人，这位神人如何？"肌肤若冰雪"，她的肌肤之光莹、洁白就跟冰雪一样；"绰约如处子"，她的身材之美好就如同处子一样的美丽——是这样美丽的一位神人。

而且这位神人还不只是容貌的美丽，她如何能保持她的“肌肤若冰雪”，“绰约若处子”？《庄子》说：“大浸稽天而不溺，大旱金石流土山焦而不热。”就算世界上发了大水，一直到天那么高，她都不会被水淹死；非常干旱燥热的天气，那些金属和石头都被晒软了，熔化了，土山都焦了，而她居然不感觉到热。

这当然是神话了，你看东南亚的海啸，怎么能“大浸稽天而不溺”呢？当然统统都溺了，所以《庄子》所写的是神话的寓言，就是说在如此痛苦的灾难之中，你怎么居然没有受伤呢？

我曾经写过一首小词：

谷内青松，苍然若此，历尽冰霜偏未死。

山谷里边有一棵松树，当所有草木都黄落凋零之时，它还是那么青翠，为什么？怎么会历尽冰霜，居然没有死？陶渊明说的：“苍苍谷中树，冬夏常如兹。年年见霜雪，谁谓不知时。”他说：你看见谷内的松树如此之青苍，树叶都没有凋落，你觉得它冬夏常如此。夏天叶子是绿的不奇怪，为什么冬天它的叶子还是绿的？你以为这棵松树没有经过霜雪，所以不知霜雪？而陶渊明说，“年年见霜雪”，它不知经历了多少冰霜雨雪的打击，“谁谓不知时”，谁说它没有经过，为什么它经过摧伤而仍然能够保持不变呢？这就是《庄子》说的藐姑射之神人，“大浸稽天而不溺，大旱金石流土山焦而不热”，你如何在挫折苦难的人世之中保全你自己一份逍遥自得的心情和境界？你怎么保持？

《庄子》还讲了一个寓言，说“列子御风而行，泠然善也”，他说列子能够乘风而行。我们都乘车，他是乘风，驾着风走的，当然，如果我们能够风一吹就走，我就能从天津飞回温哥华，那再美妙不过了。可是，“犹有所待者也”，他还是要等待，等待一个外力，等到有风他才能起来，才能飞走。没有风呢？没有风你飞不飞？所以列子“犹有所待者也”。

你能不能做到无待于外，而是足乎己？你自己知道你自己是什么，心里边有一个主持？为什么儒家说“富贵不能淫，贫贱不能移，威武不能屈”？为什么你永不改变呢？你有一个真正属于你自己的支撑。如果用西方人文哲学家马斯洛的说法，他有一种自我实现的精神。你如何在人世的种种的遭遇中，“泰山崩于前而色不变”，你能够宠辱不惊吗？

为什么儒家说“素富贵，行乎富贵；素贫贱，行乎贫贱”？富贵的时候，你仍然是你自己；贫贱的时候，你也仍然是你自己。“不以物喜，不以己悲”，这是一种境界，一种逍遥自得的境界。而苏东坡读到《庄子》，他说“吾昔有见，口未能言；今见是书，得吾心矣”，所以苏东坡在他的作品之中表现了他对于人生的一种体会，一种觉悟，一种超然的旷观。

可是，我说超然旷观还要分别一点，就是很多人说我现在超然旷观，我什么都不在乎，这个我也不在乎，那个我也不在乎，于是不问黑白，不关痛痒——世界上其他的事情，社会的、他人的死生祸福都不关我的事，并且以为这是“不动心”，其实这简直是“无心肝”之人。你如何在这种超然自得之中，保持你不死的心？这是苏东坡之所以不以个人的得失为悲喜，在朝廷仍然关心国家的政治，被放逐在外地也要关心当地人民的生活：我的心没有死，但是我超然了。

苏东坡写过一篇《超然台记》：我不以自己的得失为悲喜，这就是所谓的超然。他的词里边就表现了这样的精神。而且苏东坡的词之“诗化”，是有他自己的认知和觉悟的。我们现在念他一首小词——《江城子·密州出猎》：

> 老夫聊发少年狂。左牵黄，右擎苍。锦帽貂裘，千骑卷平冈。为报倾城随太守，亲射虎，看孙郎。　酒酣胸胆尚开张。鬓微霜，又何妨？持节云中，何日遣冯唐？会挽雕弓如满月，西北望，射天狼。

好，下一次我们再讲这首词，现在就结束在这里。

曾庆雨 整理

第二讲

李煜词的诗化是无心的，苏轼词的诗化却是有心的，但奇妙的是：苏轼的诗化之词并不仅仅是长短句的诗，它仍然保留着词的那种幽微要眇的特殊美感。这又是什么原因呢？

我们在上一讲快要结束的时候，读了苏东坡的一首小词《江城子》。这首词虽然也不错，但在苏东坡所有的词里边，实在不能够算是一首很好的作品。可是我为什么要引他这一首词呢？就因为从这首词写作的地点时间以及有关他写作这首词的一段话中，我们可以看出苏东坡是有心把“歌辞之词”诗化的，而不是像李后主那样，只是无心之中成就了一个诗化风格的结果。

我们刚才说要看这首词写作的时间和地点。《江城子》这首词还有一个小题目叫“密州出猎”，从这个小题目已经足以见到是诗化之词了。为什么？因为我们前几次所讲的词都没有题目啊，无论是温庭筠的《菩萨蛮》还是韦庄的《菩萨蛮》，都只有一个“调名”，就是那首歌曲的牌调，他们是为那支曲子填写的歌辞，并不代表作者自己的思想感情和生活，所以没有题目。而现在《江城子》这首小词，有了题目——《密州出猎》，这就跟诗一样了，诗才是有题目的。像杜甫写《闻官军收河南河北》《赴奉先县咏怀》之类作品，题目就代表我写我自己的生活、情感、思想和志意。《密州出猎》——只从这个题目，就已证明这是“诗化之词”了。

而且还可以作证明的，就是与这首词相关的一封信。苏东坡在给他的一位名叫鲜于子骏的朋友写的一封信中有这样几句话，他说：“呵呵，数日前猎于郊外。”“呵呵”这是笑声，我们不是才讲了韦庄的词，说“遇酒且呵呵”，“呵呵”就是笑声。苏东坡这个人写信写得很生动活泼，就像当面讲话一样：我是一边笑一边跟你说的。就在我给你写信的几天前，有一次我到郊外打猎，“所获颇多”，猎获了不少的兔子、山鸡之类的猎物，于是“作得一阕”，一阕就是词的一首。诗，叫作一首；词，我们有时候也叫它一首词，可是按照歌曲音乐的惯例来说叫“一阕”。“一阕”就是一个乐章，他说我就作了一首词。我这首词啊，令“东州壮士”歌之，密州是山东的地方，你看山东的大汉，身体魁梧，他说我这首词，应该让那东州的壮士——山东的大汉“抵掌顿足而歌之”，拍着手、跺着脚，这样来歌唱。

他还说："虽无柳七郎风味，亦自是一家。"柳七就是柳永，我们从"歌辞之词"讲到现在的"诗化之词"，以后还要讲周邦彦、吴梦窗这些人，却把一个重要的作者跳过去了。这个重要的作者是谁？就是柳永。柳永非常重要，我为什么竟把他跳过去了呢？因为我要讲词的美感。

我曾把词的美感分成三类：第一类是"歌辞之词"，第二类是"诗化之词"，第三类是"赋化之词"。而柳永的词不专属于任何一类，所以我也没有把它归到任何一类。其实，柳永的词同时兼有三类的作风，他是很妙的一位作者。

而当苏东坡的那个时代，正是柳词红极一时的时候。柳永给那些歌妓乐师们写词，历史上说："凡有井水处，皆能歌柳词。""有井水"就是有人家，凡有人家的地方，不分城里城外，都会听到有人歌唱柳永的词，所以苏东坡当年听惯了柳永的词。可是现在苏东坡说：我最近作了一种词，跟柳七郎的那种风格不相同，没有柳七郎的风味，"亦自是一家"。

你要知道一个人，你如果真的有聪明才智，知道得失进退取舍，知道什么可做，什么不可做，就能够自己开拓出一条路来，而不是总追随着别人的脚步。对于文学体式的开拓也是如此，关键看你有没有这样的眼光。人家苏东坡就有这样的眼光，他说：我可以开出我的一派来，"虽无柳七郎风味，亦自是一家"。

柳七郎如何？宋人的笔记说，柳永的词啊，应该是十七八的妙龄女子，手里边拿着红牙板，唱什么"今宵酒醒何处？杨柳岸，晓风残月"之类的歌辞。而苏东坡的词，则要关西大汉拿着铁绰板唱"大江东去"，所以苏东坡自己就说了：我现在写了这首词，要让东州的壮士“抵掌顿足而歌之”。

你可以看到，苏东坡这首词有“密州出猎”的题目，而且他自己有一个反省——我自己要开出一条新路来，就是用作诗的手法来写词了。后主词虽然诗化了，但他不是有意识、有反省的。李后主因为他的痛苦遭遇，无心之中写出这种网罗天下人到无常哀感之中的小词，那是偶然的；而苏东坡有反省，他说“老夫聊发少年狂”。

其实当苏东坡写这首词的时候，不过只有40岁。中国古人喜欢在诗中嗟贫叹老，你看韩退之说什么“吾年未四十，而视茫茫，而发苍苍，而齿牙动摇”，韩退之那时也没有到40岁，却已如此，无怪苏东坡40岁就自称“老夫”了。古人常常倚老卖老嘛！“老夫聊发少年狂”，我虽然已经四十上下，可是我还有少年人那种豪放的气概。这不是出去打猎吗？

其实，苏东坡是到他差不多三十多岁时才开始写词的。少年的时候苏东坡并不写词，以现在留下来的词看，那都是他到杭州做通判以后所写的。那他早年写什么？他写《上神宗皇帝书》，他所关心的都是朝廷的政治、民生的苦乐。周邦彦写什么？写《汴都赋》，是歌功颂德，赞美神宗变法的成就，这是决然不同的。苏东坡出知杭州，就因为他对于变法有一些意见，跟新党议政不合，所以他一直就在外边做官。他从朝廷里出来，先是在杭州做官。俗话说：“上有天堂，下有苏杭。”于是有人觉得让苏东坡在杭州这个地方做官是不是太便宜他了？他一天到晚在朝廷里边反对我们新法，现在虽然把他赶了出去，可在杭州这么个好地儿也还不大好，因此给他改个地方，就把他改到密州去了。

密州那里非常苍凉且不说，而且刚刚经过旱灾，闹过蝗虫。人说有旱灾就有蝗虫，旱、蝗常常是连接的。灾后赤地千里，民不聊生，苏东坡就和当地的老百姓一同去祈雨。古人相信天人感应，所以大旱时就去祈雨，果然后来就下了雨了。所以苏东坡写过一篇《喜雨亭记》的文章。下雨以后就要酬神：祷谢上苍，祷谢山神。那时苏东坡做密州的太守，就带领人到附近常山的山神庙里去谢神，谢神回来的路上，就打猎，这是苏东坡的传记上都有记载的。

于是，“老夫聊发少年狂”，他带着密州的一批大小官员，“左牵黄，右擎苍”，黄者是黄犬、黄狗、猎犬；右手的手臂上架着苍鹰、猎鹰。狗当然可以抓兔子什么的；如果是天上有一只飞鸟落在很远的地方，你知道它在哪里，这时就得放鹰去把它抓回来，所以他左边牵着黄犬，右边架着苍鹰。

“锦帽貂裘”，天气还相当冷，所以戴着锦帽，穿着皮裘。“千骑卷平冈”，密州这里的军政官员，大大小小众多人跟随着他，从山冈上跑过去。“卷”字用得也很生动。

“为报倾城随太守”，他说你们要通报一下，叫密州城里的老百姓都跟我出来，看什么？“亲射虎，看孙郎。”我苏东坡今天要亲自射中一只老虎给大家看一看。像谁一样？就像三国时候的孙权一样。因为据《三国志》记载，孙权有一次出去曾经射中了一只老虎，所以“亲射虎，看孙郎”。

“酒酣胸胆尚开张”，喝酒喝得微醺半醉，胸胆开张，表示豪气奋发，不是畏缩萎靡的样子，是那种发扬的气概。“鬓微霜，又何妨？”就算我两鬓已经有一点白发了，这又有什么关系呢？因为我的胸胆开张，我的精神还有少年狂嘛。

“持节云中，何日遣冯唐?”这句话用了一个典故，汉文帝时云中郡有一位名叫魏尚的太守“因事获罪”，他因为偶然做错了一件事情就获了罪，皇帝要赦免他，就派遣了使者冯唐。“持节”，“节”是一个使节，你受了朝廷的诏命出使，就有一个使节，代表朝廷的命令。所以文帝就叫冯唐拿着使节前去赦免魏尚的罪过。

你要知道，苏东坡来到密州是在什么时候？他因反对新法做了杭州通判，然后才由杭州来到密州的，是从中央政府被赶出来的。他如此地关心朝廷、关心政治，很希望能够再回去。所以他说：“持节云中，何日遣冯唐?”皇帝能不能派一个像冯唐一样的使者来到密州，赦免我的罪过呢?

如果皇帝赦免了我的罪过，把我召回去，我“会挽雕弓如满月，西北望，射天狼”。“会”是将然之词，就是说将来一定会这样子的，他说如果将来真是任命我的话，我可以“挽雕弓如满月”，把张力很强的弓拉开，拉得这样满，然后“西北望，射天狼”，向西北一望，我要射中那天上的天狼星。“射天狼”出于《楚辞》的《九歌》，说是“举长矢兮，射天狼”，我拿出一把长的弓箭，把天上的天狼星射下来。“天狼星”代表什么？代表盗匪。而当时北宋，西北方就有辽和西夏的种种祸患，所以说“西北望，射天狼”。

这首词，除了豪气奋发之外，其实并没有很多的深意可以去发挥的，我只是要讲：苏东坡的诗化之词，他是有心为之的。从他给鲜于子骏的信里边，从这首“密州出猎”的题目里边，都可以看出来，那么苏东坡的真正的好词是什么呢？

当然，我们刚才讲的这首《江城子》，写的有一种直接的兴发感动的力量，很有豪气，也是不错的一首词。可是很妙的一点，就是词常常应该有一种委婉曲折的，更深隐的意思隐藏在里边。诗是以直接的感发为美；词，则还要以引人的低回玩味为美。那么我们下面就要看苏东坡的另外一首词：《八声甘州》。这是苏东坡的一首好词，既有诗的美感，也有词的美感。我们说词有一种幽微隐约的美感，现在把它诗化了，那不就失去了词的美感了吗？如何在诗化的词里边，还保留着那种幽约怨悱的歌辞本身的美感？我们看《八声甘州·寄参寥子》。

这首词是苏东坡在哲宗元祐六年（1091），在他56岁时候所写的。那时的苏东坡已经几经沉浮了。他曾经在神宗熙宁的时候与新党人议政不合而被出之杭州，从杭州辗转被移到密州，从密州又辗转移到徐州，从徐州再辗转，就移到湖州了。他一直流转在外地，朝廷并没有把他召回去。而他流转到湖州的时候，你要知道不论到哪里去，你都要写一个谢表。你看现在电视中演的那些历史剧，不管皇帝跟你说什么，皇帝给你赏赐你当然谢恩，皇帝说要惩罚，赐你死罪，给一杯毒酒叫你喝下去，你也要叩首谢恩。苏东坡在湖州时就曾经写过一封谢表，他说，“（臣）愚不适时，难以追陪新进”，朝廷知道我这个人不能够附和别人，随从别人的议论，我现在离开朝廷，“老不生事，或能牧养小民”，或者可以安抚一方百姓，所以就让我来到外地了。当时有人摘录他这个谢表的语言，说苏东坡有讽刺朝廷的意思，朝廷于是派人来捉他，把他捉走，下在御史台的监狱之中。御史台是大臣们被拘禁的地方，苏东坡被下到御史台的监狱，真的是九死一生。因为有人还摘取他的诗句，说苏东坡不但在那封谢表中说自己“老不生事，或能牧养小民”，是讽刺朝廷，而且他平常所作的诗也有犯上之处。

苏东坡到底作了什么诗？他曾经写一棵桧树，说是“根到九泉无曲处，世间惟有蛰龙知”。我们说“松桧”的“桧”，就是“秦桧”的“桧”，本来在古代，大家都认为这是好的字样——跟松树一样直立挺拔；只是从秦桧以后，人家才觉得“桧”字不太好了，而东坡当年写那首诗的时候还没有秦桧呢，所以咏桧，就是赞美这棵桧树。他说：那桧树是“根到九泉无曲处”，它的树根一直到九泉之下都不会弯曲。据植物学家告诉我说，凡是地上的树干盘曲铺张的，地下的根也是盘曲铺张的；如果树上边是直立的，它的根扎下去也是直立的，所以“根到九泉无曲处”。但是你的根是直的还是曲的，我们在地面上看不见哪，所以说:“世间惟有蛰龙知。”这种正直，只有地下的龙才看得见。这话说得是很犯法的，因为我们都说皇帝是“真龙天子”，是“飞龙在天”，高高在上的，你说地下还有一条龙，地下那条龙是什么呢？这是反叛的诗了。因此他们就把苏东坡抓在监狱里边，几乎处死了。幸而神宗还不是很昏庸的皇帝，他说：“彼自咏桧，与朕何干?”他自己咏桧树，与我有什么相干？诸葛亮还叫“卧龙”呢，他也没有篡取蜀汉的政权啦。幸而皇帝赦免了他的死罪，然后就谪居到黄州，从黄州转到登州，到哲宗元祐元年（1086），神宗死去了，哲宗年岁还小，太皇高太后执掌政权，重新起用了一批旧党的人，这时把苏东坡也从外地召回到朝廷之中了。

可是，召回朝廷后，他跟那些新上台的旧党论政依旧不合，这是苏东坡之所以为苏东坡——我所看到的关系到朝廷和政治，我不管你是新党还是旧党，新党有错误我当然指责，你旧党有错误我同样要指责，所以不久他又离开首都来到杭州。

他第一次去杭州做的是通判，第二次也就是哲宗元祐六年，他再次来到杭州，是做知州，现在是一个地方的长官了。他在杭州有一位信佛的好朋友，就是他说的参寥子。参寥子是个和尚，名字叫道潜，此人精佛典，能文章，也喜欢诗歌，跟苏东坡交往了很久。苏东坡在杭州既然做了地方的长官，就给这个参寥子，安置了一个地方居住，可是他在杭州没有两年，朝廷又把他叫回去，他就写了这首寄参寥子的词，我们现在先把这首词念一下，他说：

> 有情风万里卷潮来，无情送潮归。问钱塘江上，西兴浦口，几度斜晖？不用思量今古，俯仰昔人非。谁似东坡老，白首忘机。　　记取西湖西畔，正春山好处，空翠烟霏。算诗人相得，如我与君稀。约他年、东还海道，愿谢公、雅志莫相违。西州路，不应回首，为我沾衣。

这真是苏东坡一首好词，既有诗的美感，也有词的美感。关于这首词，前人也有一些评语，我这里引的是夏敬观也就是夏吷庵的评语。这个“吷”念 xuè，就是形容小声地吹，他说他自己写的东西不重要，所以叫“吷庵”。在《吷庵手批东坡词》中夏敬观说：东坡词如“春花散空，不着迹象”，好像在春空中的飞花，你不能掌握的。

他接着说，“使柳枝歌之”，在这里，夏敬观用了一个典故：“柳枝”出现在李商隐的诗里边，李商隐有四首很有名的诗，叫《燕台四首》，真的是形象也美，声音也美，情思也美，非常美的四首诗。据李商隐记载，说是他写了这四首《燕台》诗以后，他的一个兄弟，某一天在洛阳城的巷陌中背诵吟唱了这四首诗，恰巧这条巷陌之间一个名叫柳枝的女孩子听到了。李商隐说：这个柳枝能够演奏“如天风海涛之曲”的音乐，而且，“中多幽咽怨断之音”，她能够演奏出天风海涛这样有博大气势的音乐，可是中间居然有低回婉转、幽咽怨断的声音。就是这个女孩子，欣赏了李商隐那四首《燕台》诗，惊问说：“谁能有此？谁能为是？”她一听就受了感动，说：“什么人能有这样的感情？什么人能写出这么美的诗篇？”总之有这么一个故事，而夏敬观就用这个故事，说像苏东坡的这些好词，如果由柳枝这样一个女子来歌唱，就正如同“天风海涛之曲，中多幽咽怨断之音”，“此其上乘也”，那是苏东坡诗化之词里边好的作品，怎见得？有词为证。

你看他第一句开头，正是“天风海涛之曲”，不过我们现在讲这首词不太好，因为东南亚刚刚经过了海啸的灾难，而这首词是把海潮写得非常美的，他说：“有情风万里卷潮来，无情送潮归。”这开头写得真是好！你有没有看见过钱塘江的江潮？在杭州就可以看到。我是曾去钱塘看过江潮的：远远的一线白线——到你眼前——翻滚得波浪滔天……

他说“有情风万里卷潮来”，如果不是有情，它为什么就来了呢？当然是有情，所以是“有情风”，苏曼殊说“何时归看浙江潮”，你要看浙江潮，是有情风从那万里的大海之上把潮水给你送过来，那种波涛那种汹涌那种澎湃，然后，“无情”就“送潮归”：它来了，它又走了，如果来是有情，走就是无情。你看他写的就是眼前的景物，然而在我们人世之间，有多少悲欢离合！如果聚会是有情，离散就是无情，我们每一天都在有情无情之中。“等闲离别易销魂”，离别是等闲，你随时都有聚会，随时也都有离别。

“有情风万里卷潮来，无情送潮归”，就在有情无情之中，在人的离合悲欢之中，“问钱塘江上，西兴浦口，几度斜晖？”我看到现在的江潮来，江潮只因我苏东坡今天在这里看到才有吗？不是，它每年都会涨潮，每月都会涨潮的。就在“钱塘江上”，在“西兴浦口”，“西兴”就是隔着钱塘江与杭州遥遥相对的一个地方。他说：我就问“钱塘江上，西兴浦口”，是“几度斜晖”？几度潮来潮退？几度日升日落？几度盛衰兴亡？“夕阳西下几时回？”这是大晏（晏殊）的词。“几度斜晖”，人世间的盛衰兴亡就如同那潮来潮退，如同那日升日落。

你说我要想到千古兴亡，才有这种感慨，其实你何必想到千古的兴亡？“不用思量今古，俯仰昔人非。”你不用讲什么汉唐、什么千古，你不用思量什么“秦时明月汉时关”，“不用思量今古”，“俯仰”就“昔人非”，就在你一低头一扬头之间，人世已变化了。这里的“俯仰昔人非”，还不是一般的“俯仰昔人非”，是在北宋苏东坡那个时候的新旧党争之间，多少人上台了，多少人下台了，朝廷上整天所搬演的就是这种升降祸福的剧目。他苏东坡不也是神宗时候出来的，哲宗时候又回去了，回去跟旧党不合他又出来了吗？你不用说别人是“昔人非”，我俯仰之间变了多少次了？所以你“不用思量今古，俯仰昔人非”。

苏东坡忽然间一转，所以这首词真是抑扬起伏：不但有这样博大的气势，而且有这样低回婉转的变化，他说：“谁似东坡老，白首忘机。”你“不用思量今古”，你也不用管别人，就是我自己也在这俯仰、在这盛衰之中。可是我没有受他们的影响，虽然是“俯仰昔人非”，有这么多盛衰成败祸福的变化，但是我“白首忘机”，我并没有跟那朝廷中的人争逐他们的名利和禄位。就算被贬到黄州去的时候九死一生，下到监狱里面，几乎被判死刑，那时多少朋友写信去安慰他，他说：我们是“道理贯心肝，忠义填骨髓”，如果你们以为我经过这样的灾难，就忧心泣涕，那么“读圣贤书，所学何事”？所以苏东坡写过《超然台记》。我们一般人，当美恶之战交于前，总是要看看哪个是好的，哪个是坏的，这个是对我们有利，那个对我不利，美恶交于前，得失就战于心。所以你“可乐者常少”，“可悲者”就“常多”。但是苏东坡说：对于我自己的得失，“直须谈笑死生之际”，就是死生之际我都该可以坦然去面对。“谁似东坡老，白首忘机”，这个时候他真的是“白首”了。在密州时他不过40岁，而现在他已经将近60岁了，所以说是“白首忘机”：我经过了一世的祸福，一世的盛衰，现在把一切得失都忘记了。他说“忘机”，“机”是机心。什么叫作“机”？《红楼梦》上说王熙凤“机关算尽太聪明，反算了卿卿性命”，你一天到晚地在那里算，算得失，算祸福，计较人我，“机关算尽太聪明”，而我是“白首忘机”，我自己的得失是微不足道的，我忘怀了得失之心。

前面写他现在的心情，因为他现在被召回朝廷去了，以苏东坡的性格，这次召回朝廷，他依然不会仰承当权者的鼻息，逢迎他们，只说他们爱听的话，苏东坡不是这样的人。可是如果不这样做，将来会遭遇到什么结果？会不会再被放逐出来？会不会再被关到监狱之中？那祸福是不可知的。而现在就要跟最好的朋友离别了，他说："记取西湖西畔，正春山好处，空翠烟霏。"这真是写得美！刚才的"有情风万里卷潮来"，写得如此之波涛澎湃；而现在写的却如同"春花散空"！他说：我希望你永远记得，任何事情都会过去的，但是记忆会留在心中。记得什么？你要记得，就在西湖边上，我在杭州，你追随我来到杭州。我安排你住在智果精舍，我们常常见面，常常一起作诗论文："记取西湖西畔，正春山好处，空翠烟霏。"杭州西湖，南高峰北高峰，那湖水，那山峦，"欲把西湖比西子，浓妆淡抹总相宜"，春天的山，那种青翠，是多么美丽！山上的树木都发芽长叶了，春山好处，烟雨空蒙，那霏霏的烟雾，如此的良辰美景。

这还不算，"算诗人相得，如我与君稀"真是写得好！你想人生最美好的事情不过于此，古人说的：人生得一知己死而无憾。你碰到过这样的人没有？不是女子的美色，不是男子的财力和地位，你碰到一个心灵上可以跟你相知共鸣的这样一个人吗？我们普通人得到一个相知相得之人都可以死而无憾，何况苏东坡与参寥子是"诗人相得"——我们两个都是诗人，都有诗人的感受、诗人的情怀，如此之相得，如此之知己，是"诗人相得"，这是天下多么美好的事情，多么难得的机遇！"算诗人相得，如我与君稀。"

而现在我要走了，要与你告别了，我们要定一个后会有期的约言："约他年、东还海道，愿谢公、雅志莫相违。"我不是贪恋富贵的人，"富贵他年，直饶未免，也应无味"（辛弃疾词），我希望将来有一天离开朝廷。这里他用了一个典故，就是晋朝的谢安当年曾经隐居在会稽的东山，当时，北方五胡十六国的多少强敌都来窥视南方的东晋，所以民间流传一句话，说："安石不出，如苍生何？"谢安的号就叫作谢安石，大家说现在能使我们朝廷我们国家安定下来的，只有谢安——谢安石，只有他有这样的能力。可是谢安不想要做官，隐居在东山不肯出来。"安石不出，如苍生何？"我们老百姓哪一天才能真正过上太平安乐的日子？人们希望谢安出来，所以谢安最后出来了，出来之后就指挥他的侄子等人打了著名的"淝水之战"，打败了前秦的苻坚，当然是功成业就。可是一个人功劳太大了，在朝廷里边就会遭到猜忌，所以他"出至新城"，离开了东晋的首都建康，来到新城这个地方。来到新城以后，他说：我要回到我的会稽东山，重新过当年那种隐居的闲适生活，于是造"泛海之装"。因为他要把家人和财物运回去，隐居不复出，行李当然很多，坐车骑马都不方便，要用海船来运，从海道回到会稽东山去，可是没有等得及回去，谢安就生病了。人们把他用一顶软轿子抬回到首都建康，抬回去以后不久他就死了，终归没有能够回到会稽东山，所以《晋书》上说谢安是"雅志未就"：他有那么美好的志愿，却没能真正地回去，没有能够成全。

还不只是这个故事，谢安有一个外甥名叫羊昙，他很欣赏这个外甥，舅甥之间感情很好，常常一起谈论古今。"西州门"是一座城门，后来谢安生病，就是从这里抬回首都去的，而他就死了，没有能够回到会稽，所以他的外甥从此以后“行不由西州路”，他再也不肯经过西州的路。有一天，羊昙不知不觉喝醉了，醉酒朦胧之中没有辨认清那条路，就走到了西州门，忽然间一看：“怎么来到西州这个城门的路上!”所以他就痛哭而返。

现在苏东坡就要被朝廷召回到首都去，他跟他的好朋友参寥子说“约他年”，我要跟你定一个约，将来“东还海道”，我像当年的谢安一样，会坐着船回到杭州这里来，我还会在杭州这么美丽的空翠烟霏、春山好处的地方与你再相见。可是人有多少理想，都能够完成吗？冯延巳写过一首小词，说：

> 转烛飘蓬一梦归，欲寻陈迹怅人非。天教心愿与身违。

我们人生就像“转烛”——空中闪动的蜡烛，像“飘蓬”——风中吹动的蓬草，“转烛飘蓬”，我又回到这里，像做梦一样地回来了。“欲寻陈迹怅人非”，我要找一找当年跟你一同经历许多往事的地方，可是人物全非，你再也不在了。“天教心愿与身违”，为什么上天教我们人类永远不能按照内心的愿望去完成呢？是天让你内心的愿望与你身体的生活永远相违背，“天教心愿与身违”。

谢安是“雅志未就”，可是苏东坡没有这么说啊，苏东坡是反用：我跟你定个约言——“约他年、东还海道，愿谢公、雅志莫相违”：谢安没有能够达成自己的理想和愿望，可我相信我们不会这样不幸，我跟你的约言应该不会落空的。

“西州路，不应回首，为我沾衣。”如果你经过当年我们共同走过的路的时候，你不会像羊昙一样回首我们往日的情谊，为我流下泪来。他说的是不会，是“谢公、雅志莫相违”，是你“不应回首”，来“为我沾衣”，可是佛家说：“才说无，便是有”——以我苏东坡的性格，回到朝廷后，我不会逢迎苟且，不会人云亦云，我的遭遇是不可知的，我们将来能不能相见也是不可知的。后来苏东坡最终流放到海南，参寥子也被他们治了罪。

这首词，真是既有诗的美感，也有词的美感。首先，它有题目，是言志的诗篇，是写我自己的感情、志意，不是给歌女随便写一个“空中语”的歌辞；而且你看他这种直接的叙述，不是什么美女呀、闺阁呀，不是这样的“歌辞之词”了，而是“诗化之词”。

不但如此，“有情风万里卷潮来”，写得这样奔腾澎湃，这样豪放，可是后半首，“春山好处，空翠烟霏”，他说“他年”的“东还海道”，谢公的“雅志莫相违”，他有多少忧危念乱的话？可是都没有说出来。他说“莫相违”，说“不应回首”，写得这样低回婉转，这是苏东坡既有诗之美感，也有词之美感的一首好词。

这首《八声甘州》是兼有诗之美感与词之美感的一首词，可是有时候，特别是写长调的词、诗化的词，如果你不能够有低回婉转、幽约怨悱的感情在里边，就写得过于直白，过于浅露、率意了。接下来我们就再看一首苏东坡的诗化之词里边我认为是比较不好的一首词，就是他的一首《满庭芳》。因为我们以后还要讲“赋化之词”，“诗化之词”为什么走向了“赋化”的路子？就因为“诗化之词”可能发生一种毛病。什么毛病？我们来看这首《满庭芳》，这是苏东坡早年所写的一首词：

> 蜗角虚名，蝇头微利，算来着甚干忙？事皆前定，谁弱又谁强？且趁闲身未老，尽放我、些子疏狂。百年里，浑教是醉，三万六千场。思量。能几许，忧愁风雨，一半相妨。又何须，抵死说短论长。幸对清风皓月，苔茵展、云幕高张。江南好，千钟美酒，一曲满庭芳。

这首词写得过于直白，过于浅率。“蜗角虚名，蝇头微利，算来着甚干忙”，这个意思也不错，也反映了苏东坡这种放旷的思想。可他都是说明，说明就没有诗意了。我现在还顺便说一句，为什么我们的白话诗，从五四的白话诗以来，后来台湾有很多诗人写了所谓“现代诗”，大陆这里，前些年很多人写了所谓的“朦胧诗”，为什么？因为你如果都是大白话，就没有诗的意味了。诗，是要留有不尽的意味，叫读者去玩味的才是好诗。我要说“我真是十分的悲哀”，“十二分的悲哀”，“一百二十分的悲哀”，这不能感动人。而秦少游说“欲见回肠，断尽金炉小篆香”，它能留给读者一个想象寻思的余地。

“文革”以后，郭沫若先生曾写过一首词，开头说：“大快人心事，揪出四人帮。”这话也未始不对，但它不是诗，也不是词，而像一个口号。当然，诗是可以用白话写的，因为诗的音节本身就带着一种直接感发的力量。“君不见、黄河之水天上来，奔流到海不复回；君不见、高堂明镜悲白发，朝如青丝暮成雪”，诗可以这样直接地说，它奔腾澎湃，不在你的意味，而在你的声音。可词不是啊，你看它四字一停，四字一停，它失去了诗那种直接感发的力量。因为词的形式是长短句，它没有七言歌行的奔腾澎湃，没有一个直接感动你的气势，就这么零零散散地说什么“事皆前定，谁弱又谁强”，“算来着甚干忙”，这就等于说话一样了，就失去了它的好处。

而你知道苏东坡寄参寥子的《八声甘州》为什么好？因为他有很多说不出来的话，他没有办法说。在朝廷的党争之间，他此去的安危祸福，有很多话不能说，环境也不允许他说，于是在这种低回掩抑之中，他写出这样幽约怨悱的好词。而这首《满庭芳》，他什么话都直接说了，就失去了幽约怨悱的词之美。

可是词，也有直接写就可以写好的，像他那首“老夫聊发少年狂”的《江城子》，写得也很直白，但是一首好词，因为他是用诗的句法。那是一首短短的小令，凡是小令而近于诗的你就直接地写，就容易写好；可是你写长调的时候，如果也这么直接写，像这首《满庭芳》，四字四字这么一停，就零散了，就失去了那种奔放的气势，就显得浅薄了，这就是为什么后来有了“赋化之词”的一个原因。

我不得已举了苏东坡一首不十分好的词，之所以不得已，是要为以后讲“赋化之词”做一个伏笔。词为什么走向“赋化”的道路？就因为你不能把小词完全这样直白地写：如果是小令，它有诗的句法，七个字一句，七个字一句，有一种气势来感动人；可如果是长调的词，诗化以后平铺直叙，像我刚才念的什么“蜗角虚名，蝇头微利”之类的，那就既失去了诗的气势、诗的句法、诗的平仄、诗的那种直接感发的力量，也失去了词的那种幽约怨悱、婉转低回的美感，结果是既失去了诗的美感，也失去了词的美感，因此不得不把词的美感再找回来。怎么找回来？于是有了“赋化之词”。但是在我们讲“赋化之词”以前，还要讲一个很好的诗化之词的作者，可以说是诗化之词里边的“人中之龙”——辛稼轩。下一次我们看辛稼轩的词。

曾庆雨 整理

第三讲

辛弃疾用自己的生命来写词，用自己的生活来实践自己的词，有了辛弃疾这个作者，词这一新兴体式就可以和历史悠久并拥有屈原、陶渊明、杜甫等伟大作者的诗分庭抗礼了。

我们今天讲诗化之词的第三讲。我把词的美感特质分成了三个类型：第一个类型是歌辞之词，第二个类型是诗化之词。从歌辞之词到诗化之词，有一种自然的趋势，也有人为的一种反省。所谓自然趋势，是指自然出现的诗化之词，是以李后主为代表的。因为本来诗是言志的，是写自己的情思志意的。可是词呢？从《花间集》开始，就是诗人文士为那些歌妓酒女所写的，在歌筵酒席之间吟唱的曲子。所以我们曾经举过宋人的笔记记载，说黄山谷曾经说，他的词是“空中语耳”。说他写的不是自己的感情和志意。可是如果当词的体式流行得很久了，当一个作者写作这类歌辞写作得习惯了，那么当他内心之中有了一种感情志意，特别是当他生活上遭遇到什么大的变故的时候，自然就用歌辞之词来表现他自己的遭遇、感情和志意。李后主就是这样。他早期所写的词，像什么“晚妆初了明肌雪，春殿宫娥鱼贯列。凤箫吹断水云闲，重按霓裳歌遍彻”（《玉楼春》），就是歌辞之词，是当时歌舞宴乐时的一个娱乐的曲子。可是等到李后主国破家亡，他被带到北方，身为阶下之囚，经历了这样的个人痛苦之后，他就不知不觉地，用他习惯的歌辞之词这种形式，来写他自己国破家亡的哀感了。而因为李后主这个人，是一个感情非常敏锐的人，而且是一个很用情的人。当然，我们每个人都有感情，你怎么样用你的感情，是你用情的态度。所以，以前我跟缪钺先生合作，缪钺先生写过《诗词散论》，他说有的人用情是往而不返的，是春蚕做茧，像李商隐诗所说的“春蚕到死丝方尽，蜡炬成灰泪始干”（《无题》），他是投注进去往而不返，有去无回的；有的人的感情如同蜻蜓点水，旋点旋飞，所以用情的态度不同。而李后主的用情，是往而不返的。他既敏锐又深刻，而且投注下去，没有反省，没有节制。他没有想到要把它节制下来，所以他说：“问君能有几多愁，恰似一江春水向东流。”（《虞美人》）“自是人生长恨水长东。”（《乌夜啼》）就因为他这样的深刻，这样的敏锐，这样的投注，所以他才能够透过自己一个人的破国亡家的悲哀，而把我们所有人类的无常的哀感，完全都写进去了。所以王国维说“词至李后主而眼界遂大，感慨遂深”，说李后主有“释迦基督担荷人类罪恶”的意思（《人间词话》），说李后主写出了我们全人类的悲哀。但李后主是偶然的，是以他个人的感情、个人的性格、个人的遭遇，偶然地成就了这个眼界始大、感慨遂深、笼罩千古的词。

后来的苏东坡是反省的。苏东坡说：“近作小词，虽无柳七郎风味，亦自是一家。”（《与鲜于子骏书》）所以他是有觉醒的，要写出来跟歌辞之词不同的作品。柳七郎就是柳永，我没有特别列出他来作为一个作者要讲。因为柳永他不专属于哪一类，他不是专属于歌辞之词，虽然给那些个乐工歌妓写了很多的词。比如他写的《定风波》：“自春来、惨绿愁红，芳心是事可可。日上花梢，莺穿柳带，犹压香衾卧。暖酥消，腻云亸，终日厌厌倦梳裹。无那！恨薄情一去，音书无个。”这是歌辞之词，是写歌妓酒女的，是写那女子的情思，是写那女性的形象，是写相思怨别的。我们表面上看起来觉得柳永的这首词，跟我们以前所讲的温庭筠的“小山重叠金明灭，鬓云欲度香腮雪。懒起画蛾眉，弄妆梳洗迟”（《菩萨蛮》）好像在形式上、在内容上，都有很大的不同。其实是非常相似的。柳永所写的“暖酥消，腻云亸，终日厌厌倦梳裹”，就是温庭筠所写的“懒起画蛾眉”，懒得起来梳妆打扮。因为我所爱的那个人，那个男子，他走了，我是孤独的，我是寂寞的，所以是很相似的。可是柳永写的是长调，温庭筠写的是小令。这小令长调之间一转换，就有了两种不同的结果了。温庭筠也写一个女子孤独寂寞地在闺中“懒起画蛾眉”，可是因为温庭筠所用的语言“蛾眉”是一个语码，有屈原的“众女嫉余之蛾眉”这样一个文化的渊源。他说的“懒起”有唐朝杜荀鹤的“早被婵娟误，欲妆临镜慵。承恩不在貌，教妾若为容”（《春宫怨》）的文化语码。所以这样的词写出来，在中国士大夫的传统之中，就被认为有感士不遇的一种言外之意蕴了。

可是柳永不是啊，柳永是长调。长调要把它铺陈开来写，他不能够只简单地写“懒起画蛾眉，弄妆梳洗迟”，所以他说“自春来、惨绿愁红，芳心是事可可。日上花梢，莺穿柳带，犹压香衾卧。暖酥消，腻云亸，终日厌厌倦梳裹”。他完全是铺开来，把一个女子早起的形体、动作写得非常现实，所以那个托喻的意思就没有了。温庭筠的《菩萨蛮》词，也写女子的形象，女子的相思怨别，可是因为他有文化语码，他写得含蓄，写得蕴藉，他什么都没有说出来。而且温庭筠还有一个妙处，他写这个女子的闺房，写女子的容颜，他说的是什么“小山重叠金明灭”。那个床头的屏风他说是“小山”，女子的头发他说是“鬓云”，女子的香腮他说“香腮雪”。他把所有的女子的闺房，女子的容貌，都牵涉大自然，是山，是云，是雪。所以他推远了一步，就都有了美感的距离。你就不感觉那么的现实，那么的肉体，那么的情欲，而完全是一种美感。而且他的“蛾眉”，“画蛾眉”，有那么多文化的渊源，文化传统，所以给人很多的联想。可是柳永完全是非常现实地写下来了，所以就没有言外的联想，所以人家就觉得柳永鄙俗、淫靡。写女人就是女人，写女人的形体就是女人的形体，写情欲就是情欲。所以苏东坡就认为这样的词，淫靡鄙俗。在宋人的笔记就有故事记载：说有一次苏东坡跟他的好朋友秦观（少游）开玩笑说：“不意别后，公却学柳七作词。”（《唐宋诸贤绝妙词选》卷二）

秦少游是苏东坡的好朋友，也写词，是苏门四学士之一。苏东坡说秦少游学柳七，是看不起柳永那种淫靡的鄙俗的词。他跟秦少游说，你是我的好朋友啊，你这个人是有远大的志意的呀，没有想到我上次跟你分别以后，你近来就学那个柳七，去写那样淫靡的词。秦少游回答说，我这个人虽然是词写得不好，但是我没有学过柳七的作词。由此可见他们苏门的学士，觉得柳七词是淫靡鄙俗的。所以，秦观说他没有写过。那苏东坡就说了，说你写的《满庭芳》中“香囊暗解，罗带轻分”就是柳永的风味。这是秦少游的词，说：“销魂。当此际，香囊暗解，罗带轻分。”写一个男子跟女子的离别。苏东坡说这不是柳七的词吗？所以秦少游就没话可说了。可见苏东坡之所以要词别是一家，没有柳七郎的风味，是因为柳七郎用长调来写爱情，就显得淫靡鄙俗。不过，事实上苏东坡表面上虽然因为鄙俗看轻柳永的词，可是，其实苏东坡能够写出来“大江东去”，写出来“有情风万里卷潮来”，却正是因为曾受了柳永的影响。

历来讲词史的人都以为东坡就是豪放，柳永就是淫靡，说东坡的词应是关西大汉拿铁绰板唱“大江东去”，柳永的词是十七八女郎拿红牙板唱“晓风残月”，把他们俩截然分开。而其实苏东坡一方面虽然鄙薄柳永，但是，我以为事实上苏东坡曾经受了柳永的影响。所以，宋人的笔记也记载了另外一个故事。说是东坡有一天又跟朋友谈话了，他那天跟秦少游谈话，说是柳永的词是淫靡的，你不要学他作词。可是这天他又跟朋友说柳永有一首词，《八声甘州》，说：“对潇潇、暮雨洒江天，一番洗清秋。渐霜风凄紧，关河冷落，残照当楼。是处红衰翠减，冉冉物华休。”东坡说这几句所写的那种景色、气象之高远，“不减唐人高处”（赵令畤《侯鲭录》）。你知道盛唐的诗歌就是以气象胜的。盛唐的诗歌，喜欢写高远的气象，像李太白“峨眉山月半轮秋，影入平羌江水流。夜发清溪向三峡，思君不见下渝州”（《峨眉山月歌》），杜甫的“江间波浪兼天涌，塞上风云接地阴”（《秋兴八首》第一首），开阔博大，气象高远。而柳永“渐霜风凄紧，关河冷落，残照当楼”，也写得气象高远。所以苏东坡也赞美柳永，说这些个词句如果作为诗是不减唐人之高处的。所以，我说柳永的词，是结合了所谓歌辞之词、诗化之词，甚至于赋化之词的各方面，他是一个中间转折的枢纽的人物。因为柳永的词根本就有两类：一类是他专门给歌女写的，而他认识的那些个歌女，就是什么虫娘啊，什么酥娘啊。可是你看晏小山写歌女，则是什么小蘋啦，小云啦，小莲啦，都是那文雅的名字。而柳永说酥娘，什么叫酥娘啊？虫娘，虫子的虫。柳永是懂得音乐的，所以很多歌女乐师都找他填写歌辞，他就写给他们。而且，柳永不是达官贵人，他少年落拓，很久都考不上一个进士，所以他只能够到那二等三等的歌妓院里边去，跟那些歌妓往来。那些个女子的名字都不文雅，什么虫娘、酥娘的。因此，给她们写词，你能够写得很文雅吗？写得太文雅他们还不懂了呢，不会唱了。所以他给这些歌女写的词，就要写得浅俗淫靡。可是柳永他也有另外一个方面，因为柳永他终身落拓不得志，所以他常常奔波在道路之中，也写了很多他作为一个男子，所感到的抑郁不得志的登高临远的词。我们刚才所读的这几句，“对潇潇、暮雨洒江天，一番洗清秋。渐霜风凄紧，关河冷落，残照当楼。是处红衰翠减，冉冉物华休”，真是美人迟暮的感慨！我流落，落拓了这么多年，到现在没有考上一个科第。所以柳永他这一类的词，不再是给歌女写词，而是写那些个不得志的才人志士，在江湖之间登高临远的那种悲慨。而正是这一类的词，给了苏东坡一种启发、一种感动。所以他说柳永的词，于诗不减唐人高处。所以苏东坡的“大江东去”，“有情风万里卷潮来”，未尝不是受了柳永的影响。所以柳永的词与歌辞之词有关系，与诗化的词也有关系。

我们再下一个礼拜，就要讲赋化的词。什么叫赋化的词呢？诗跟赋有什么不同？赋，最早出自荀子的《赋篇》，什么《蚕赋》《云赋》《箴赋》。写一个物，写蚕、写云、写箴，而在刻画描写这个物以后，又有所寄托。即从这个物里边表现了他的一种情思，一种志意。那么跟诗的言志有什么不同？诗是感物言志，是这个物自然给你一个感发，你直接地写了你的情志。赋呢？是体物写志。这是很不一样的。体者，体察，观察。我们说什么“格物致知”，“格物”，就是你体察、观察这个物，就是你集中于这个物，从这个物来描写，而暗中喻说你的情志。所以赋的做法跟诗的不同。我是说古代的最传统的，所谓诗赋的区别。当然后来的诗赋有各种的流派，各种的风格。但是最古老的诗与赋的区别，诗是感物言志，以感发为主，以直接的感动兴发为主；赋是体物写志，你观察描绘勾勒安排，以这个为主，那就是赋。赋，我们下一次才讲到。

今天呢，我们是接下来已经跳了一节，讲到南宋的辛弃疾了。我们刚才所讲的这个赋化的词，是我们下个礼拜要讲的北宋末年的周邦彦。那是用写赋的笔法来写词的。那现在我们要讲的是辛弃疾。虽然辛弃疾的时代比较晚，是南宋的词人，可是他的词是诗化之词，因为他是直接的兴发感动，他是感物言志的，是写他自己的情怀志意的。所以我们讲辛弃疾也是诗化之词。但是辛弃疾这个词人，我认为在我们所有的，我可以说，包括晚唐、五代、两宋的作者，把这所有的晚唐、五代、两宋的词人都包括进来，如果你要在这所有的词人之中推选出一个足可以与我们历史上的伟大的诗人屈原、陶渊明、杜甫这些个人相媲美的，只有一个辛弃疾。这个比较的标准何在？那我也是屡次地说了，有的文人诗客，写一首诗，填一首词，吟风弄月，都是偶然的。我常常吟一首小诗，是宋朝的杨万里的小诗，他说“雨来细细复疏疏”，一阵小雨下来了，细细的小雨，稀稀疏疏的，不是倾盆大雨。“雨来细细复疏疏，纵不能多不肯无。”雨要不然你就下大一点，要不然你就停，你也不下得大，你也不停，总是那几个雨丝在那里飘，细细疏疏的，你下这种雨是什么意思？他说：“似妒诗人山入眼，千峰故隔一帘珠。”（《小雨》）他说这个老天爷下这个雨啊，就是因为他嫉妒我，嫉妒我这个诗人欣赏那美丽的远山，所以就下着小小的雨，像一个雨珠做成的帘子，把那个远处的千山和我隔开。“千峰故隔一帘珠”，这个诗写得很巧妙，也很有情趣。偶然，偶然见到雨，偶然见到山，偶然有这种活泼的联想，“似妒诗人山入眼，千峰故隔一帘珠”。可是屈原、陶渊明、杜甫，他们不管是写哪一首诗，整体的都是代表他们这个作者本身他的思想，他的志意，他的理念。所以我说最伟大的作者，是用他的生命来写他的诗篇的，是用他的生活来实践他的诗篇的。屈原自沉在汨罗江，用他的生命，用他的生活来证明他的理念和志意。陶渊明，躬耕田园，是忍饥受寒，用他的生活，用他的生命，实践了他的志意，是用生命来写他的诗篇的，是用他的生活来实践他的诗篇的。杜甫说我“此生那老蜀，不死会归秦”（《奉送严公入朝十韵》），“戎马关山北，凭轩涕泗流”（《登岳阳楼》），就算我老年流转到湖南，我已经是“右臂偏枯半耳聋”（《清明二首》）。这个生命就危在朝暮了，我所怀念的是什么？是我的朝廷，是我的国家，是我朝廷的安危治乱。我是“戎马关山北”，就因为我们国家还没有平定，戎马还在关山北，我虽然离开朝廷那么远，我虽然是老病有孤舟，但是我想到我的朝廷，戎马关山北，我“凭轩涕泗流”。最伟大的诗人都是用他的生命去写他的诗篇，用他的生活去实践他的诗篇的。而在词人里边，因为从一开始，词就是歌筵酒席之间给歌女歌唱的歌辞。所以艳歌小词，向来被诗人所轻视。所以你看很多宋人的文集都把那词放在最后，放在最不重要的地方。因为他们轻视这个词，他们是余力为之，是以这个歌筵酒席的艳歌小曲子来看待它的。而只有一个人，词人里边唯一的用他的生命去写词的，用他的生活去实践他的词的，可以跟屈原、陶渊明、杜甫相比美的，就是辛弃疾。所以我们今天就是要讲辛弃疾这个作者。

在辛弃疾的这些作品里边，我第一首选的是一首《水龙吟》。辛弃疾写了很多首《水龙吟》，我所选的这一首《水龙吟》题目叫作《过南剑双溪楼》。辛弃疾的词有六百多首。我们现在在我的研究生的课堂上，正在讲读辛弃疾的词。大家都说：我们这个礼拜读了几首，那个礼拜读了几首，真是每首都好！辛弃疾的词，不管嬉笑怒骂，皆成文章。不管是长调，是小令，是嬉笑之词，是沉痛之词，我们说没有一首不好的。这是所有在我们班上的同学都公认的。那六百多首都是好词，你选哪一首？而我为什么第一首选了《过南剑双溪楼》呢？因为王国维在《人间词话》里边，常常从一个词人的作品里摘录两句话来代表这个词人的风格。他说“画屏金鹧鸪”，那画屏上有美丽的一对一对的金色鹧鸪鸟，是“飞卿语也”，这是温飞卿的话，其“词品似之”。温飞卿的词，写得漂漂亮亮的，写得非常富丽，非常香艳，所以说“画屏金鹧鸪”，这是温飞卿的话，他的词像画屏的金鹧鸪。又说：“‘弦上黄莺语’，端己语也，其词品亦似之。”好像是你弹一个琵琶，琵琶弦上弹出来了像春天黄莺鸟的那种婉转流利的叫声，那是自然的，是天然的，黄莺鸟的叫声，这是端己的话。韦庄写词都是非常直接的，非常坦白的，非常坦率的，是“劝君今夜须沉醉”，你“樽前莫话明朝事”（《菩萨蛮》五首之四）；说“此度见花枝，(我）白头誓不归”（《菩萨蛮》五首之三）；说“四月十七，正是去年今日，别君时”，“昨夜夜半，枕上分明梦见”（《女冠子》）。写得这么清楚，写得这么直接，没有矫揉，没有造作，没有雕琢，没有修饰，自然而然。所以说“‘弦上黄莺语’，端己语也，其词品亦似之”。而辛稼轩这个伟大的词人，留下那么好几百首词来，要找一句词来代表他的风格，我就从这首《水龙吟》里面选出来两句词句，我以为是可以代表辛弃疾的风格的。那么是哪两句呢？我们先把整个的这一首词看一下。《过南剑双溪楼》：

举头西北浮云，倚天万里须长剑。人言此地，夜深长见，斗牛光焰。我觉山高，潭空水冷，月明星淡。待燃犀下看，凭栏却怕，风雷怒，鱼龙惨。

峡束苍江对起，过危楼、欲飞还敛。元龙老矣，不妨高卧，冰壶凉簟。千古兴亡，百年悲笑，一时登览。问何人又卸，片帆沙岸，系斜阳缆？

我们说了，稼轩是用他的生命写他的诗篇的，是用他的生活去实践他的诗篇的。所以讲别人的词，如温飞卿的“小山重叠金明灭”，他哪一年写的，什么时候写的，他当时生活怎么样，那个关系不密切，也不重要。他都是写的美女，都是写的思妇。可是辛弃疾的《水龙吟·过南剑双溪楼》在哪一年写的，这就非常重要了。因为他是用生命去写他的诗篇的，是用生活去实践他的诗篇的。哪一年写的？那是南宋的光宗绍熙三年(1192)，辛弃疾53岁的时候写的。我们怎么知道那是辛弃疾53岁时候写的呢？因为按照辛弃疾的生平来看，就是在绍熙三年的时候，他接到皇帝的诏命，到福州做了福建的提点刑狱。然后绍熙四年（1193），他就做了福州的知州——知福州，知府，同时兼任了福建的安抚使。我们现在光讲这还不够，我们所要讲的是说在这年以前，在光宗绍熙三年、在辛弃疾53岁以前，他过了什么样的生活。所以我们讲辛弃疾你就一定要结合他的生平来讲。辛弃疾是大家很熟悉的，他是山东济南人，他生在绍兴十年（1140），绍兴是南宋高宗的年号。那个时候北方已经沦陷有十年之久，所以辛弃疾是出生在沦陷区的，是敌人所占领的地方。他的祖父是辛赞，当时因为家中人口众多，不能够追随政府南迁，所以就留在北方了。可是他的祖父是一个非常有民族气节的人，从辛弃疾儿童的时代，他的祖父就每每带着他们到各地方去出游，指点山河，就跟他们讲国家的兴亡，讲我们所经历过的战争的一切经历。前两天我看到电视上就在讲，说现在的年轻人对于我们当年抗战，对于北京的沦陷，已经是太遥远了，完全不了解我们的国家是从怎么样的历史，是从什么样的经历走到现在的。我这么老的人了，八十多岁了，所以我是看到过旧中国的。我是经历过抗战的，我是生在沦陷区的。所以当年我看老舍的《四世同堂》，我是一边流泪一边看完的。现在年轻人不知道我们的国家是怎么走过来的，不知道我们曾经经历过什么样的苦难。我是从那个阶段走过来的，常常是经过苦难的人才知道自己国家的重要性。所以为什么古人说“生于忧患，死于安乐”。因为你从忧患之中走过来，你知道这是不容易的。如果你生在安乐之中，你不知道什么叫作患难。所以辛弃疾是生在沦陷之中的，他的祖父给他指划山河，他知道什么是战争，他知道什么是沦陷，他知道什么是沦亡。所以他从少年的时候，就是有这样一种思想上的影响。然后当他长大了，十几岁的时候，他的祖父就叫他“两随计吏抵燕山”。当时金是定都在北方的。而辛弃疾是山东人，所以他的祖父就让他随着计吏——所谓计吏，是古代秋冬之际年底结算的时候的会计。他要报告一年的收支，就要到首都去。很多士子就跟随他到首都去，要准备科考，所以辛弃疾曾经两随计吏也到过燕山。他对于北方，对于金人的地理形势有清楚的了解。少年是意气正盛的。所以他二十几岁的时候，是22岁，那个时候沦陷区有很多不甘于受敌人统治的人，所以各地有很多义勇军就起兵了。而当辛弃疾22岁的时候，他也聚合了两千人，这么多的人，都是义兵，都是不甘心沦陷受敌人统治的义兵。可是就在那个时候，有一个农民叫作耿京，已经聚合有十几万的义兵了。所以辛弃疾就带领着他的两千兵马，投奔了这个农民的义军，就投奔了耿京。后来，当他南渡以后，他讲到天下的形势，写了《美芹十论》，还有《九议》，讨论了国家的政治、军事、经济、地理的各种形势。他在《十论》的《详战》这一篇里边说到他为什么去投奔了耿京。他说："锄犁之民，寡谋而易聚。"他说那些个扛锄头的，拿着犁耙的农夫，他们没有深思远虑，但是他们血气很旺盛，有一种义气。所以你一号召，很多农民都来了。"寡谋而易聚，惧败而轻敌"，他们很少谋略，他们禁不住失败，这群人很轻易地就散了。所以人数虽多，但不能够坚战而持久。而读书人虽豪杰之士，深谋远虑，但不肯轻举妄动，所以人家说秀才造反十年都不成。这个秀才十年造反，他是太过于深谋远虑了，都轻易不敢动作。所以辛弃疾说，一定要把读书人、文人跟农民结合起来。这也是毛主席的说法。所以辛弃疾那时候就已经有这样的眼光，而且他说读书人、文人是不肯俯首居于农民之下的。所以人家辛弃疾有这样的眼光还不说，也有这样的度量。很多人不肯谦卑下来，而辛弃疾，就居然地俯首低声下气，就侍奉了耿京。然后他就以他读书人的智勇谋略，说服了耿京。说我们这样的一群人在沦陷区，你集合了这么多人，偶然经过几次失败，就一哄而散，没有一个领导，没有一个后盾。所以我们一定要跟我们自己的祖国，跟那大后方的人联系起来，这样我们才有一个长久的一个成功的希望。那耿京听了他的话，说你说得很好。所以就派遣辛弃疾带领着一群义兵渡江南来，到了建康。当时宋高宗就正在建康。所以当辛弃疾见到了高宗，就奉表南归，然后高宗就给了他一个职务，授他做右承务郎。

所以他就再回到沦陷区，去负责组织那些个义兵。可是没想到，就在辛弃疾带着一批义勇的人士渡江南去的时候，起义军内部出了一个汉奸。我们中国历史上既然有那忠义奋发的那些个光伟俊杰的英雄志士，我们中国也一向有那些个贪图小利的汉奸走狗式的人物。千古以来，两类人都是有的。所以就在辛弃疾离开的时候，有一个小人，叫作张安国，他贪图自己的富贵，因为金人许给他说，你如果把这个义军的首领耿京杀死，我们给你多少多少的金银财宝利禄的酬劳。所以张安国就把耿京杀死了，那些义军就散去了。辛弃疾从南方回来，听说耿京已经被杀死了，已经杀死了，你又如何？就算了吧，况且你那后盾，你那十几万的义勇军都没有了。但人家辛弃疾英雄豪杰之士怎肯就此罢休？所以辛弃疾就带着他少数的二十几个人，冲到金人的营中。当时张安国因为他把义军的领导杀死了，那金人正在给他庆功，要给他很多利禄的酬劳。就当张国安在金人那里饮酒庆贺的时候，辛弃疾他们少数一群人冲到帐幕之中。说冲到帐幕之中把张安国杀了？但人家没有，人家辛弃疾冲进去，在那个千军万马的敌人的营帐之中，活捉了张安国，就把他捆在马上，不眠不休，不吃饭也不睡觉，连夜地不停止地把他带到了建康。然后把这个张安国献给南宋的朝廷，在建康把他正法了。所以辛弃疾晚年写了一首词，说“壮岁旌旗拥万夫，锦襜突骑渡江初。燕兵夜娖银胡䩮，汉箭朝飞金仆姑”（《鹧鸪天》），以我当年二十多岁的辛弃疾能够有这样的勇气，“壮声英概”这样的声名，他以为只要他来到江南那还不是转眼之间，一两年或两三年就可以把失地收复啊。抱着这样的豪情壮志，辛稼轩就来到江南。你要知道，他以一个北方人来到南方，而南方很多苟且偷安的人都是主和的，辛弃疾是主战的。而且不但是政治的主张不同，我们中国地方这么广大，所以常常有一些地域的限制，有一些语言的隔阂。所以南人北人，一向有这样的隔阂，这种斗争。所以他来到南方就一直的不得志，奉表南归，然后他就得到一个小的职务，是让他到江阴县去做签判，做一个县里边的小属官。他的豪情壮志哪一天才会实现？后来，等到这个宋高宗死了，那孝宗即位了，就召对稼轩。那稼轩当年“壮岁旌旗拥万夫”，也是很有声名的，所以孝宗就召对他。他当时就对孝宗说：“阻江为险，须藉两淮。”我们要想南方能够安定，一定要把淮南淮北作为我们长江的屏障。所以他就上一个奏疏，他说我练民兵，来防守两淮。我们常常说的《美芹十论》《九议》，都是在孝宗的时候写的。他上了《十论》《九议》，孝宗说好。于是当辛稼轩 33 岁的时候，就让他“知滁州”。滁州正是南北交界的一个地方，欧阳修曾经写过《醉翁亭记》，“醉翁亭”在滁州。这滁州，原来就是非常荒凉的一个小城。因为是南北交界的地方，正是战场的前线，所以滁州的老百姓，逃的逃，走的走，一切商业零落，一切市场荒芜。辛弃疾来了以后，马上招募流亡，把那些流亡走的人都招回来，马上就练了民兵，设立了屯田的制度，而且减少赋税，使大家都回来。不但使农人的赋税减少，商人的赋税也减少。所以，没有两年滁州的气象就完全改观了。所以，辛稼轩不但是一个有智谋，有魄力的人，还真是能够实践，在实践上真是见到功效的人。

那后来，南宋就发生了一个寇乱，所谓的“茶寇之变”。那个时候就让辛弃疾做江西提点刑狱，掌管法律，来缉捕盗贼。让他去捉拿后来形成寇乱的这个茶商。于是，辛弃疾讨平了这个茶商的寇乱。而辛弃疾认为，这些个茶商所以形成了寇乱，都是因为赋税，苛捐重税。之后，他做了湖北安抚使。当时各地的盗贼蜂起，他就替朝廷平定了各地方的这种战乱。而在他平定了战乱以后，他就给皇帝上了一个奏疏——《论盗贼劄子》。他说平定盗贼，我辛弃疾是尽量去平定了，但是这些个人为什么成为盗贼？他说是因为这官吏，做官的人，有残民害物的政治，而没有政府管他。这些贪官污吏他们是残害人民，贪赃枉法而“州不敢问”，“县不敢问”，州县的人不敢给那些个当官的而残民害物的人以惩罚。所以田野之民，没有一个地方可以告诉，没有一个公平的法律可以给他们一个正义。这不是我说的话，这是辛弃疾说的。“民不为盗，去将安之？”你政府没有给他一个活路，人民不做强盗，他做什么去呢？辛弃疾说了，说“民为国本”，人民本来是国家的根本，是那贪赃枉法的官吏，迫使老百姓成为盗贼的。他说今年剿除，明年铲荡，今年你说消灭这些盗贼，明年也消灭盗贼，他说就譬如一棵树，你日刻月削，每一天砍伐它，不损则折。你总是杀老百姓，而贪官污吏逼迫老百姓去做盗贼的。所以辛弃疾在《论盗贼劄子》中说，我希望皇帝您“深思致盗之由”。您要好好想一想，是什么使他们做盗贼的。讲求“弭盗之术”，你要讲求的是如何从根本上使人民不去做盗贼。“无徒恃平盗之兵”，你不要只是仗着军人去杀死他们，消灭他们。他说皇帝你要下诏命给各州各县，不要迫害老百姓，要“以惠养元元为意”，要注意对于老百姓的安居乐业。于是他不但是在孝宗的时候写了这个《论盗贼劄子》，他同时还给这个皇帝写了一段话。

因为像辛弃疾这样子责备那些贪官污吏，哪个贪官污吏不痛恨他？所以辛弃疾就跟皇帝说了，他说“臣孤危一身久矣”，我是孤独的一个人，我是危险的，我多年来是孤危一身，“荷陛下保全，事有可为，杀身不顾”，那么多人都痛恨我，是蒙皇帝你保全了我。所以，凡是有我可以为国家效力的地方，我是杀身也不顾念我自己的性命的。“况陛下付臣以按察之权，责臣以澄清之任”，何况皇帝你交付给我按察的权力，你要求我的是澄清贪官污吏的这种责任。“封部之内”，在我所管理的这一个地区之内，“吏有贪浊，职所当问”。在我所管理的地区，如果有贪官污吏，我就要管他们，这是我的职位的本分。说“自今贪浊之吏，臣当不畏强御，次第按奏”，我一个一个要把贪官都整治了。然后他又说了，他说“臣生平刚拙自信”，他说我这个人的性格平生这样刚强，不善于圆滑处世的。“年来不为众人所容”，我跟这些贪官污吏斗争，所以不被他们所容受。“顾恐言未脱口而祸不旋踵”，我真是担心，我这话还没有说出来呢，他们的迫害就已经来到我的头上了。这就是他在淳熙年间给孝宗所上的一个奏折。而我们等一下要看的这个《水龙吟》，就是在这种种的遭遇之后所写的一首词，我们现在先结束在这里。

曹庆鸿 整理

第四讲

辛弃疾的词里潜藏有他内心多少说不出来的忧愤悲慨？“峡束苍江对起，过危楼、欲飞还敛”，稼轩语也，其词品亦似之。由此可知，诗化之词的好并不仅在于它恢复了主体的抒情言志，更重要的是其佳作中始终没有失去词自身所特有的那种美感品质。

我们刚才讲到辛弃疾当时给孝宗皇帝上了一个奏疏——《论盗贼劄子》，他说我“孤危一身久矣”，常常恐怕“言未脱口而祸不旋踵”。他上劄子是在40岁的时候，那时他曾经做过江西的提点刑狱，做过湖北的安抚使，在任上把江西、湖北各地方的寇乱都平定了，于是国家就又派遣他做湖南安抚使。到了湖南他一看，他说湖南这个地方与很多少数民族地区的溪峒蛮獠相接连，此地民风剽悍，认为应该有武备、军备来维护治安，所以他在湖南设了一个军营，叫作飞虎营。你想，要练兵，要盖军营，当然需要很多钱财。于是辛弃疾用了很多钱财来招募军士，修盖兵营，训练兵士。因此有一个叫王藺的谏官，给皇帝上了一个奏疏，弹劾他，这样皇帝下了一道金牌，说不许你练飞虎营了，你花费了这么多钱财，说要停止。大家看过《说岳全传》的故事，本来岳飞胜利在望，可以直捣黄龙，可以痛饮来庆祝胜利，可是皇帝的金牌来了，他不敢不服从皇帝的诏命，就撤兵回来。现在皇帝也是一个金牌下到辛弃疾这里，而辛弃疾可没有像岳飞那么听话，就赶快停止，辛弃疾把皇帝的金牌藏起来了，因为那军营还没盖好呢。皇帝现在说不许再搜敛钱财了，不许再盖军营了，可是那差了一点点你还盖不盖呢？他把皇帝的金牌先揣起来，然后下了一道命令，说所有的官吏、大臣、人民、老百姓，每一家拿两块瓦来，没有两天，这瓦都凑齐了，这军营也盖好了。这个时候他把金牌拿出来给皇帝写一个奏疏，说你的金牌收到了，我的军营也盖好了。所以你看，稼轩这个人真有干练之才，有胆量，有才识，有谋略，可他毕竟是被弹劾了。在他的湖南的飞虎军营盖好不久，历史上记载，说他雄振一时，这是当时宋朝最强大的一支军队，可皇帝也把他罢免了。那个上奏疏的人说什么？说他是"用钱如泥沙，杀人如草芥"，说他用钱用得很多，而且不听他话的他都严格处置。所以辛弃疾当时就被贬了。在他正要有所作为的时候，就被"废弃家居"。于是他在江西找了一个荒郊野外的地方。稼轩这个人不但有谋略，而且有眼光，这虽然是个荒郊野外、大家都看不起眼的地方，但他居然看到这地方的山水大有可为之处，那就是江西的带湖，所以就在带湖盖了房子安居，一下闲居有十一年之久。

前面提到《论盗贼劄子》，他说我恐怕“言未脱口而祸不旋踵”，果然没两年，他就被人弹劾罢废家居了，那是他42岁的时候。从42岁罢废家居一直到他53岁，才又召赴，做福建的提点刑狱，从42岁到53岁共闲散十一年，一个英雄豪杰一生有几个十一年去荒废，而这个《水龙吟》就是他在荒废了十一年，第二次起用做福建提点刑狱的时候所写的。所以我们要了解稼轩写词的当时的时代的背景，因为他是用他的生命来写作他的词的。

“过南剑双溪楼”，南剑是南剑州，在福建，本来叫作剑州，因为四川也有一个剑州，而这个比四川的更在南边，所以管它叫作南剑州。南剑州有一个楼叫双溪楼，因为在这地方有两条水，一叫东溪，一叫西溪。如果看福建地方地理志，东溪和西溪这两条流水，沿途都汇合了很多的河流，而这两条流水都汇合在这双溪楼前，所以叫双溪，是东溪西溪汇合的地方。两条水在这里汇合，在这个楼下波涛翻滚，底下有万丈深潭，而这个深潭叫作剑潭，宝剑的剑，因为这个地方是剑州，所以双溪楼下的深潭就叫作剑潭。

在这个地方有一个古代传说，那是西晋时候，有一个有名的诗人，在西晋做过宰相，就是张华。历史记载，张华上知天文，下知地理。懂得天文的人就要看天象，所以张华每天晚上都看见斗牛之间，有紫色的光气上冲于天。那么张华想，还有一个人比他更懂得天文的，所以叫他的朋友来看看究竟是什么？他朋友的名字叫雷焕，通象纬之学。雷焕来一看，说这是“宝剑之精，上彻于天”，这个光芒一直通到天上去了。张华问雷焕：剑在何处？中国天上的二十八宿的星宿代表地上各地方的地理分布。雷焕说如果从斗牛之间的星宿地位来看，这个宝剑在江西，“在豫章丰城”。张华当时是宰相，张华说好，我派你去做丰城县令，替我把宝剑找到。雷焕就到了丰城。而雷焕懂得象纬，他一看光气，是从丰城一个监狱里边冲上来的。他就把这个监狱“掘狱屋基”，把屋子的地基都给挖了，果然找到了两把宝剑，这是我们中国历史上最有名的两把宝剑，一个是龙泉，一个是太阿。他把宝剑拿给张华，张华说：我留一把，给你一把。所以张华有一把宝剑，雷焕也有一把宝剑。可是，西晋不久就发生了八王之乱，现在我们看电视上播出的《汉武大帝》，那是吴楚的七国之乱，都是宗室之间为了权位，彼此互相的征战砍杀，在八王之乱中做宰相的张华被杀死了。他既然不得善终被杀死了，那把剑到哪里去了？就不知所终，所以他那把宝剑就丢了。雷焕这个人不是被杀死的，而是寿终正寝的，所以就把他的宝剑传给儿子了。他儿子借用张华的名字，叫雷华。这个雷华有一天佩戴着他父亲给他的宝剑走在延平津这个溪水上。这都是神话的传说，你要知道在中国的历史里边，写神话故事最多的就是《晋书》，稀奇古怪的故事都在那里边。忽然间，说他从这个水边一过，这把剑——宝剑有个剑套配着——就从剑套里边跳出来了，掉到水里，就跳到水里去了。雷华说，这是我父亲留下来的一把宝剑，不能把它遗失，赶快招募会水的人下到溪水之中，寻求这把宝剑。就有几个人跳到水里去了，过了一阵子这些人上来了，说我们找了半天，只看到水里有两条龙，没有看到剑，后来游来游去的龙也不见了。“龙归剑杳”啊，这是徐灿的词。这里是宝剑沉下去的地方，所以这个潭水就叫作剑潭。

好，我们既然知道辛弃疾写这首词的生平经历——在什么样的经历以后，在什么样的心情之中，走到什么样的一个地点，我们现在来看这首词。“举头西北浮云，倚天万里须长剑。”稼轩的词实在是了不起，他的胸中的典故之多，他的感觉的想象之高远。他在南剑的双溪楼上，“举头西北浮云”，抬头一看西北有浮云。这是很妙的，西北浮云，有几种可能，一个是他今天站在双溪楼上，果然看到西北方有一块浮云。可是你要知道，《古诗十九首》有一首诗，开头就说：“西北有高楼，上与浮云齐。”而曹丕有一首杂诗说 ：“西北有浮云，亭亭如车盖。”西北有块浮云，圆圆的像车上的伞盖一样。中国的诗歌，讲究无一处无来历，它都带着很多文化的语码，有很多的文化的沉淀在里边。“举头西北浮云”，因为有这么多文化的语码，有这么多沉淀，所以这西北浮云当然可能是现实的西北的一块浮云，可是它就超过了现实的浮云，给了人很多的想象，它变成一个文化上的语码，我举头西北浮云，那西北可能真的是浮云，也可能指的是西北我们大宋沦陷的北国的江山，现在沦陷在金人的手中。而稼轩的平生的豪情壮志，就是要收复失地，收复北方的失地，回到自己的故乡，所以他一看，举头西北浮云，怎么能够消灭这个浮云，怎么能够消灭北方的敌人，就要“倚天万里须长剑”。我们常常讲美感，美感除了它说的内容是什么以外，更要注意它是怎样去说的，不是说我们大家都要忠孝仁爱，这是口号，这是教条。“倚天万里须长剑”，这是一个错综倒插的句法。你可以把一把伞倚在墙边上，如果有一把万里长剑，你倚在哪里？“倚天”，一立就直通到上天去；“须”，我所需要的，就是有万里之长的这样一把可以直贯天地的宝剑。而“倚天万里须长剑”里边也藏了很多文化的语码。这里有两个出处，一个是战国宋玉《大言赋》说：“长剑耿耿倚天外。”因是大言，他就说有一把长剑，耿耿的光芒立在天外。还有《庄子·说剑》篇，他说这把长剑可以“上决浮云，下绝地纪”。长剑既然这么高，这么长，上边可以砍断浮云，下边可以砍断大地。“此剑一用，匡诸侯。”只要我拿起这把宝剑一挥舞，就可以平定四海的诸侯，天下大定。是这样的一把宝剑，它带着语码，所以现在你就知道“浮云”应该不只是一个现实的浮云的。

我今天站在这双溪边了，下面就是剑潭，就是当年龙泉、太阿沉剑的所在之地呀，那我辛弃疾今天不就是要找这么一把宝剑吗？所以他说：“人言此地，夜深长见，斗牛光焰。”所以当地人传说，龙泉、太阿两把宝剑都沉在这个剑潭之中了，现在半夜里还可以看见里边有光芒，宝剑的光气，上通于天。人言，人家这样说，有宝剑的光芒，在斗牛之间有一片剑气的光芒。稼轩的词之所以好，不但是语言好，而且句法顿挫。我们说长调四字一句，“蜗角虚名，蝇头微利，算来着甚干忙”，“谁弱又谁强”，这是苏东坡的词，我们上次讲过，这个不好，都说完了，平铺直叙，没有意思。你发现了没有，苏东坡的那首词，“蜗角虚名”，这是一个单元，停了，“蝇头微利”，又停了，“算来着甚干忙”，又停了。可稼轩不是啊，“人言此地”，他的话未说完，“人言此地，夜深长见”，话还未说完，见什么？“斗牛光焰”。所以它有气势，而且它有顿挫，它是低回婉转、千锤百炼的。人言此地应该有，我要找这把剑，可找着没有？你看他一转，马上都否定了：“我觉山高，潭空水冷”，是“月明星淡”。稼轩写得真是好，人家说这里有宝剑，我今天就在这里找，我所看到的是什么，四面群山环绕，没有一条出路，我觉得包围我的都是高山，而我面前“潭空水冷”，仅是一个空潭，哪里有宝剑，面对我的只是冰冷的潭水。李商隐的诗：“远书归梦两悠悠，只有空床敌素秋。”包围我的都是寒冷，都是隔绝，都是阻拦。哪里有光芒，哪里有宝剑？只有一片明月，淡淡疏星，哪里有宝剑的光芒啊。你们说有，我就是要找这把宝剑，可是我来了，看到的仅仅是“我觉山高，潭空水冷，月明星淡”。稼轩乃英雄豪杰，找不到怎么可以放弃呢，当然要继续找。“待燃犀下看”，就要下去找它一找，这剑潭里到底有没有那两把宝剑呢？我当年在台湾教书的时候，台湾方面定的课程是诗选、词选及习作，学生不能只听老师讲，每个学生都要学作，我那时候就教学生作诗填词，每人都要作诗，每人都要填词。我给他们讲诗的平仄，讲词的格律，有一个学生作了一句我常常举例子的诗：“红叶枕边香。”我说我看不懂你这句词啊，原因是：第一红叶在山上，“停车坐爱枫林晚，霜叶红于二月花”，那红叶怎么会跑到你枕边来了；再说红叶也不香，我从来听人家只是说茉莉是香，玫瑰是香，我没有听说红叶香啊，你怎么写出一个“红叶枕边香”。那位同学就说，老师你让我们写自己的感情跟经历，我的女朋友写信寄我一片红叶，上面洒了香水，我放在枕头旁边，那不是“红叶枕边香”吗？但这是个别的特殊的事件，不能算，你要知道凡是诗词都是写给读者的，西方讲诗的美感作用的理论，如果不经过读者，这个作品完成了，它只是一个 artifact——它只是一个艺术成品，没有美感的作用。对一个不认识字的、不懂得诗的人，如果念杜甫《秋兴八首》，他根本不知道你在说些什么话，有什么美感。因为美感通过读者才能完成，所以你的作品一定要透过读者才有美感。比如杜甫的诗，人家赞美，说杜甫的诗“无一字无来历”，就是有带着文化的传统，带着这么多语码，每一个人看到，不但能理解，有共同的语言，并能接受；而且透过共同的语言，有一种西方所说的 intertextuality，互为文本——它可以从一个语言让你联想起历史上的一大片语言。

辛弃疾说“我觉山高，潭空水冷，月明星淡。待燃犀下看”，这又是一个典故了。我们不是说《晋书》上都是稀奇古怪的故事，刚才所讲张华的宝剑变成龙了。据说还有一个故事，讲晋朝有一人叫温峤，温峤有一天经过牛渚，这牛渚是一地名，李太白说“牛渚西江夜，青天无片云”。这里有一传说，他们说牛渚这个地方水底有妖怪。这水底有什么妖怪？加拿大有一片大湖，传说里边有一个水怪，据说每当阴风冷雨，这个水怪就在大湖上出现，如此云云，我也没有见过，有人拍了照片，不知是真是假，反正就说这水里有怪物。温峤说我要看一看这个怪物，我要下去看一看水底到底有没有怪物，要打着火把下去了。可是一般的火把一进水，火就被水给熄灭了。有人又告诉他，犀牛不是在水里的吗，你要把犀牛角点上火，拿着去照，这个火就不灭。温峤说好，就让人拿着犀牛角到水里去看，看到什么呢？《晋书》上说，看见有穿红衣服的，有骑马的，有坐车的，果然有很多怪物，这不知是水里什么动物，反正是据说如此云云。稼轩借用它的意思是说，人说剑潭里有剑，我在楼上却看不见剑，是“我觉山高，潭空水冷，月明星淡”，那我不甘心，我要下去看，下水里怎么看，所以我要“燃犀”，我要学温峤，点着犀牛角作火把，到底下去看一看。“待燃犀下看”，我点着火把，我就要下去看，刚刚走到栏杆边上，还没有下去：“凭栏却怕，风雷怒，鱼龙惨。”我刚走到那个要下去的栏杆旁边，我就害怕了，我要真下去，“风雷怒”，一定会起了狂风，一定会起了暴雷。李太白《远别离》诗：“皇穹窃恐不照余之忠诚，雷凭凭兮欲吼怒。”你触犯了天地的愤怒，风雷大起，水底的鱼龙都要惨变。在这种风雷之中，不久以前稼轩自己不是写过“顾恐言未脱口而祸不旋踵”，“臣一身孤危久矣”，我敢下去看吗？我还没有下去呢，就是在他写了前引的《论盗贼劄子》以后，他第二次又被罢废了，这是他已经经过十一年的罢废家居，再度起用时写的这首词。我现在想再有一番作为，安知没有第二次的迫害，而果然有了第二次的迫害呀，这就是他当时的情景。所以“待燃犀下看，凭栏却怕，风雷怒，鱼龙惨”。“峡束苍江对起，过危楼、欲飞还敛。”我们刚才不是说，东西两条溪水汇合在双溪楼楼下，四面都是高山，被高山约束，水流到这里波浪翻飞。“峡束”，被山峡一约束，苍江对起，两条水流在山峡之中翻腾，“峡束苍江对起”，在约束之中，他的挣扎，他的腾跃，稼轩在种种的约束和迫害之中，他何尝不想腾飞呢？他飞得出去吗？他说“峡束”那“苍江对起”；“过危楼”，水流过了我的双溪楼；“欲飞还敛”，它要跳，它终于没跳出去，要飞出去，终于又落下来了。所以既是眼前的山水，也是稼轩他自己内心的心情。飞不出去怎么样呢？“元龙老矣，不妨高卧，冰壶凉簟。”稼轩又用一个典故，元龙乃陈元龙，三国时代有一人叫陈登，号元龙，举孝廉，为人忠亮高爽，非常有气节，有扶世济民的大志，这是当时很有名的一个人。

讲到这里，我们看辛弃疾另外一首词《水龙吟·登建康赏心亭》：

楚天千里清秋，水随天去秋无际。遥岑远目，献愁供恨，玉簪螺髻。落日楼头，断鸿声里，江南游子。把吴钩看了，栏干拍遍，无人会、登临意。

休说鲈鱼堪鲙。尽西风、季鹰归未？求田问舍，怕应羞见，刘郎才气。可惜流年，忧愁风雨，树犹如此！倩何人唤取，红巾翠袖，揾英雄泪？

刚才讲到《过南剑双溪楼》，是他53岁的时候，已经经过十一年的罢废家居，重新起用，而很多谗毁都包围着他时写的。现在这首《水龙吟》，是他30岁比较早的时候在建康做通判时所写，此时他登的是建康赏心亭。辛弃疾从山东起兵南来，“壮岁旌旗拥万夫”，壮岁是几岁？22岁。现在他是30岁。八年过去了，无所作为，南宋的朝廷，只给他低微的小官，从来不给他机会去建功立业。他在建康做一个卑微的通判官职。一个壮岁旌旗拥万夫、活捉了张安国、不眠不休来到建康的这样一个英雄豪杰之士，却让他做那个卑微的看人脸色的官职。李商隐诗“却羡卞和双刖足，一生无复没阶趋”，我反而羡慕当年楚国的卞和，两条腿都被人砍断了，我从此不在阶下供你们这些个长官来驱使。他辛稼轩一个可以收复失地的英雄豪杰，难道整天就做那没足阶下的小小的官吏吗？登建康赏心亭，“楚天千里清秋，水随天去秋无际”，这个江南的天空如此的美丽，楚天千里，尤其是秋天的时候，秋高气爽，一片青天白云。“水随天去秋无际”，我远远看着江水的东流。“遥岑远目，献愁供恨，玉簪螺髻。”“岑”，高峰，尖峰。“遥岑”，远远的高峰。“远目”，我远远看见。“献愁供恨”，每一个山峰，呈现在我眼前的都是忧愁，都是悲恨。柳宗元说：“若为化得身千亿，散上峰头望故乡。”每一个山峰在我眼前，给我提供的都是忧愁和悲恨，那每一个山峰，有尖的像玉簪，有圆的像女子的螺髻。江南的美景如此之美，这不是我的故乡啊，我的故乡远在山东，所以这些美景，对我都是“献愁供恨”。“落日楼头，断鸿声里，江南游子。”真是写得好！落日楼头，“一曲新词酒一杯……（那）夕阳西下几时回”，我辛弃疾 22 岁南来，到现在已经 30 岁了，我成就了什么？落日又西斜了，是落日楼头。“断鸿”，是一个失群的没有伴侣的鸿雁。在断鸿哀叫声中，我北人南来，我一个江南游子，“把吴钩看了”。“吴钩”是他的宝刀，我身上不是没有宝刀，我不是没有杀敌的本领。“把吴钩看了”，内心的那种慷慨不平使我忍不住就拍了栏杆，此时“无人会、登临意”，没有一个人理解我辛稼轩的内心的这一份感情。你说当年晋朝有一个张翰张季鹰，在西晋朝廷洛阳，看不上这种彼此你争我夺的官场之中的污秽和斗争，人家张季鹰说我不干了。他是江南吴中人，秋风起，他想到他的故乡“莼羹鲈脍”，莼菜羹、鲈鱼脍，那么美好的故乡的食物，所以他辞职不干了，就回到故乡去了。因此辛弃疾说我现在“休说鲈鱼堪脍。尽西风、（你）季鹰归未”？你说我山东有什么美景，我山东有什么美食，山东有很多好吃的东西，我说我也像张季鹰一样，现在甩手不干了，回老家山东了。可是你回得去吗？你山东是沦陷区，你现在没有办法回去了，所以“休说鲈鱼堪脍”。“尽西风”，一任秋风的吹；“季鹰归未”，像张季鹰一样，你回去得了吗？你能够回去吗？好，我既然回不到山东的故乡，我就在江南买点房子，买点地，在这里安家立业了。“求田问舍，怕应羞见，（那）刘郎才气。”如果我辛弃疾只是为买房子、买地在江南，那真是有什么脸面面对那刘郎？刘郎是谁，刘郎就是刘备。所以这句词里就有一个典故，而这个典故就涉及我为什么要讲这首词，就牵涉陈登陈元龙。《三国志》上记载了一个故事，说有一人叫许汜，此人好为大言，可是实在什么事都干不出来。有一天许汜来见刘备，议论天下豪杰，三国群雄蜂起，曹操也曾青梅煮酒论英雄。许汜跟刘备说，陈元龙这个家伙江海之士，豪气未除，虽然陈元龙这么有名，人家都认为他是个豪杰，我看他不过就是个草莽之间的人。刘备很奇怪，说陈元龙这么有名你怎么这样说他呢，何以见得？许汜说，我仰慕他的名气，不久前就去拜望了这个陈元龙，可元龙不大跟我讲话，不大理我，而且全没有待客的礼节，不好好地招待我，他自上大床卧，自己找个舒服的床睡，让客人卧在下床，给个很卑微的地方让我去睡，这个人太没有礼貌了。刘备就说，方今天下大乱，所有的英雄豪杰都以安定国家为事，而你许汜，只知道求田问舍，只知道图谋自己的私利，买地买房子，他陈元龙当然看不起你了。并说陈元龙不过是上大床，让你卧下床，（刘备说）如果是我，我自上百尺楼去，我“卧君于地”，就让你睡在地下。所以辛弃疾说“求田问舍，怕应羞见，刘郎才气”，以借用刘备的话来比自己，说陈元龙看不起许汜，因为陈元龙志向远大，而不会去求田问舍，许汜则与之相反。而他辛弃疾说我倒也想像张季鹰那样，但我不能够堕落到像许汜那样，只知求田问舍。可惜流年，是忧愁风雨，似水的流年，现在他已经三十多岁了，岁月如流，转眼之间一生就完了，而且何况你流年之间，是忧愁风雨，这就是我们讲李后主词时候说的“林花谢了春红”，还“无奈朝来寒雨晚来风”。每个人当然都是要衰老的，我平平静静地衰老也就算了，可是我经历了这么多迫害，所以是忧愁风雨。树犹如此，连一棵树都会衰老的，何况是人呢？“倩何人唤取，红巾翠袖，揾英雄泪？”我哪里能找一个人，给我叫来一个美丽的女孩子，这个女孩子拿着红色的手巾，穿着绿色的衣服，用翠袖的红巾擦干我英雄的眼泪。这是中国的另外一个传统，英雄豪杰失意不得志的时候，就要醇酒妇人，让女人来安慰他，这是辛稼轩，当然稼轩只是这样说了。

我们现在借用这首《水龙吟》作为一个注解，来看我们刚才所讲的《水龙吟·过南剑双溪楼》。我要借这个机会再说一句话，就是我屡次所说的，稼轩既然是用自己的生命写他的诗篇，用他的生活实践他的诗篇，而美国有一种文学批评，叫作意识批评——criticism of consciousness，认为越是伟大的作者，他的意识里边有一个 patterns，就是有一个定型，有一个意识的主流，条条大路通罗马，但有一个根本在那里。这个说得非常有道理，即刚才我在开头所说的，如果说到词人，在晚唐、五代、两宋的所有的词人之中，唯一可以跟屈灵均、陶渊明、杜子美相比美的，只有一个辛稼轩。为什么？只因为他们有一个理念，这是非常重要的，他们真是有他们的理想，真是有他们的志意，造次必于是，颠沛必于是，他们有他们的一个执着。而他们那个执着，是对于一个理想、一个志意的执着。有人说了，像周邦彦的词，说爱上一个女孩子，而这个女孩子走了，不理他了，我“拚今生，对花对酒，为伊泪落”，我这一辈子每对花每对酒都为她而哭泣。这难道也是执着，也是持守，对吗？所以这个必须要有分别，有的人所持守的是理念，有的人所持守的是私欲。贾瑞倒是为了追求凤姐最后死了呢，你能说他是理念吗？你如果是为私欲的，这都不能算，一定是理念才算，而凡是他以他的生命为理念的，必定只有一个，一个固定的东西。所以我说辛稼轩，是一本化为万殊。他六百多首词，长调、小令诙谐怒骂，每一首作品都有不同的风格，都有不同的特点，而他有一个根本，即他的理念。所以我们可以互相证明，万殊归于一本，他散为万殊归为一本。即是一个陈元龙的典故，你可以正面用，也可以反面用。刚才说到陈元龙，不求田问舍，跟求田问舍的许汜作一对比，那是他 30 岁时的作品。现在他 53 岁了，“元龙老矣”。当我辛弃疾 30 岁的时候，我看不起那求田问舍的人，而我现在已 53 岁了，经过十几年的放废家居，我似乎也该找个地方安定下来了吧！“元龙老矣，不妨高卧”，我也该享受几天，过几年清福的日子。“冰壶凉簟”，夏天的时候，一瓶冷饮，一领凉席。说什么千古的兴亡，他张华何在，他温峤何在？这些人，所有往事，都过去了。从千古兴亡联想到现在，你南宋又能够延长多少时候呢！你现在不图恢复，不图奋发，不图振起，你南宋可以苟且偏安到几时？“千古兴亡”，这是国家，这是朝廷；“百年悲笑”那是我辛弃疾，人生一世不过百年，我辛稼轩这一生，我有过多少悲哀，我也曾经有过多少欢喜。当我“壮岁旌旗拥万夫，锦襜突骑渡江初”的时候，我以为指顾之间，就可以收复失地，就可以回到我的故乡，可是现在我经过十几年的放废家居，多少年沦没于下僚，而我每要有动作，“凭栏却怕”，那“风雷怒，鱼龙惨”。果然不久他就又被放废家居了，所以千古的兴亡，广大的朝廷的、国家的，百年悲笑，我一个人的安危、悲喜、离合，一时登览，就是今天我站在南剑双溪楼上，我胸里边真是汹涌澎湃，有多少感慨和悲哀，所有的这些感情都涌到我心里来了。写得真是好，你看人家这四个字的句子，多么紧凑，多么深刻。“问何人又卸，片帆沙岸，系斜阳缆?”而我现在从双溪楼上看下去，看到一只船，船怎么了？“又卸”，没有完呢；卸什么，“片帆”，把那个船帆放下来了。你要是坐船，帆张起来了，船要开航了，现在帆落下来了，不打算走了。“问何人又卸”，是什么人把船帆卸下来了？卸下船帆来，船到哪里去了？“沙岸”，船就靠了岸了。“系斜阳缆”，不但靠了岸，在落日西斜之中，有一根缆绳把船拴住了，这个船不打算走了，就停下来了。那是什么，那是南宋的朝廷，你还有没有收复北方失地的理想志意呢？所以“问何人又卸，片帆沙岸，系斜阳缆?”

我们现在讲的几首都是辛弃疾如此严肃的篇章。我们刚才说过，大词人嬉笑怒骂皆成文章，长调小令各有美感。所以现在我们看辛弃疾的一首嬉笑的小令《南歌子》：“散发披襟处，浮瓜沉李杯。涓涓流水细侵阶。凿个池儿，唤个月儿来。”你看这辛稼轩说得多么好，多么有情趣。刚才说的那是第一次放废家居，这已经是第二次放废家居了。“散发披襟处”，说什么壮岁旌旗，说什么豪情壮志，我过一过悠闲的生活，我披散着头发，敞开了衣襟。“浮瓜沉李杯”，他写的是什么？他找了一块地方，盖了几间房子，自己新开凿了个小池子，他在池边散发披襟，逍遥自在。而且池子的水这么清凉，夏天如果有水果可以浮瓜沉李，这是用曹丕《与吴质书》的典故："浮甘瓜于清泉，沉朱李于寒水。""涓涓流水细侵阶"，你看那小小的流水，细细地一直流到我的台阶底下。"凿个池儿，唤个月儿来"，你看多么有情趣！既然前面有水，我就在这儿凿个池子，让水流到池子里边，当水池平静的时候，天上的月影就倒映在水中，所以"凿个池儿"就"唤个月儿来"。"画栋频摇动，红蕖尽倒开。斗匀红粉照香腮。有个人人，把做镜儿猜。"因为我盖的房子上有雕绘的彩色的花纹，彩色的画栋在水池中的倒影随着水波摇来晃去。"红蕖尽倒开"，池子里边的荷花，你看，在水里边都是倒着开的。"斗匀红粉照香腮"，有美丽的女子脸上涂着胭脂，涂得非常漂亮，来这池子旁边照一照。所以"有个人人，把做镜儿猜"，看这小池子，就跟一面镜子一样。因此你看辛弃疾，既然有那样严肃沉痛的长篇体制，也有这样短小的、轻快的、非常有风趣的小令。现在回到第一首词，我为什么就选了这首《水龙吟》呢？我是要说："峡束苍江对起，过危楼、欲飞还敛"，稼轩语也，其词品似之。辛稼轩他的整个词的风格就像是峡束苍江对起，像一股奔腾澎湃的水，总是要飞出去，总是被压下来，这是稼轩他整个的一个姿态。我讲这首词就是因为，说是"峡束苍江对起，过危楼、欲飞还敛"，稼轩语也，其词品似之。现在时间已差不多，我们今天就结束在这里吧。

可延涛 整理

3 第三章 赋化之词

本章以周邦彦、吴文英、王沂孙三位作者的作品为例证阐述了赋化之词的特征。赋化之词的作者用理性的思索和技巧的安排来写词，而不再像前两类词的作者那样主要只凭胸中直接的感发来写词了。那么，词所特有的那种美感品质在赋化之词中还存在吗？

第一讲

周邦彦是音乐家，他最喜欢写那些特别讲究四声和音调复杂的曲子。而且，他很善于铺陈、描写和勾勒，别人写词一勾勒就显得浅薄，只有他“愈钩勒愈浑厚”。

我们今天开始讲“赋化之词”的美感特质。

我个人多年来读词发现了一些问题。比如我们在讲温庭筠词的时候就提到过张惠言，张惠言说温庭筠的《菩萨蛮》，有什么寄托，有什么寓意；说欧阳修的词，也有什么比兴寄托的寓意，可那本来就是“歌辞之词”，就是作者在酒宴之间写给歌女去歌唱的歌辞，作者本身不一定有什么比兴寄托的意思。

张惠言这样讲，我已经给了他很多理由，我说一个是“双重性别”的缘故，一个是“双重语境”的缘故。像温飞卿的词，是“双重性别”；冯延巳，还有中主李璟的词，那是“双重语境”。因为南唐本身保持一个小环境的安乐，可是从大环境说来，当时北方的势力已逐渐强大，北周一天一天地压迫过来，所以它有“双重语境”这样的问题。

但是，我不管讲温飞卿还是讲冯延巳，甚至于讲韦庄，都提到比兴寄托。韦庄的词也可能有比兴寓托的意思，因为他本来是唐朝人，后来唐朝被朱温篡夺了，他流落在四川，所以他写的什么“劝君今夜须沉醉，樽前莫话明朝事”，可能也有了比兴寓托的意思。他们这些比兴寓托的意思，或者因为“双重性别”“双重语境”，或者因为身世的遭遇，都是无心如此，并不是有心把一个比兴寄托安排进去。像张惠言说温庭筠的“照花前后镜”这两句有如何如何的意思，说欧阳修的“庭院深深深几许”又有如何如何的意思，他都是从字句上去找这种比兴寄托，与“歌辞之词”本来不完全相合，让他联想到有比兴寄托的，是因为刚才我所说的“双重性别”和“双重语境”的缘故。

可是词发展到后来，果然从作者本身开始有了比兴寄托的意思，这就是我们明天要讲的，特别是南宋后期的一个作者——王沂孙的《碧山词》，那果然是作者本身在他言语词句之间，在他所吟咏的题目之间有了这样的托意。张惠言是清朝人，他看到过南宋后期的那些“赋化之词”是有心安排的比兴寄托，所以他就用这个意思来讲“歌辞之词”。从晚唐五代的词到南宋末年的词，他对之一律来看待，所以他认为那个有比兴寄托，这个也有比兴寄托，他没有分别“歌辞之词”与后来有比兴寄托的“赋化之词”是不一样的。

王国维也是我们中国词学评论史上很有名的一个人，他喜欢唐五代北宋初年的小令，却不喜欢南宋的词。他在《人间词话》上说：南宋的词，我只喜欢辛稼轩一个人，其他的都不怎么喜欢。因为王国维喜欢那“歌辞之词”“诗化之词”，却不能够欣赏“赋化之词”的好处，他不能分别来看待——你用欣赏“歌辞之词”“诗化之词”的眼光来欣赏“赋化之词”，你觉得一点也不感动人，你不能够欣赏，就认为这个不好。

我现在为什么要把“歌辞之词”“诗化之词”和“赋化之词”分成三种类型？因为它们有三种不同类型的美感特质，我们要用适合它的眼光来欣赏它。我也常常作比喻，我说这就如同你不能用评判足球的标准来评判乒乓球，你也不能用评判游泳的标准来评判溜冰或者滑雪，不同的标准就有不同的欣赏态度。我今天要讲的就是“赋化之词”的美感特质，应该怎么样去欣赏？王国维不大能够欣赏“赋化之词”，所以王国维自己写的长调都不够好。他的小令可以写得好，但是长调写得不够好。因为长调要铺开来写，有另外一种写法，他没有能够欣赏这种写法。

北宋的周邦彦是写“赋化之词”的开山人，是他开始用赋化的笔法来写词。当然，那个时候没有“赋化之词”的说法，所谓的“歌辞之词”、“诗化之词”和“赋化之词”是我给词分的三个类别。王国维那时候没有这种观念，所以他不懂得怎么样欣赏“赋化之词”。

那怎么样欣赏像周邦彦等人所写的这些“赋化之词”呢？1980 年代的时候，我曾与四川大学的一位老教授缪钺先生合写了《灵谿词说》，缪先生提意见说：我们对于每一个词人先要写三首论词绝句，不是有论诗的绝句吗？我们写的是论词的绝句。每个作者写三首，我大概写了五十多首，论到十几位作者。关于周邦彦，我说：

顾曲周郎赋笔新，惯于勾勒见清真。

“顾曲周郎赋笔新”，这是我特别提出来，关于“赋化之词”的笔法。所谓“赋笔”，就是写赋的笔法；“顾曲周郎”说的就是周邦彦。在词的发展史上，有几件事情非常值得我们注意。首先，因为词最早本来是配合音乐歌唱的歌辞，所以对于词能够有所开拓的几位作者都是非常熟悉音乐的。温庭筠就是这样的一位作者。当然唐朝有些诗人也写词，像刘禹锡、白居易，写什么“江南好，风景旧曾谙”，这都是短短的小令，真的是“诗余”，就是从诗发展影响下来的，用写诗的笔法去写的小词。可是到了温庭筠就不同了，温庭筠六十多首词，用了很多别人从来不用的有词之特色的词调，而且他的押韵、平仄，也脱离了诗的规矩。温庭筠为什么在词的这种体制上有这样的开创？我们上次说了，温庭筠“能逐弦吹之音，为侧艳之词”，因为温庭筠是懂得音乐的，他能够按照乐律的变化去填写歌辞，而不像张志和、刘禹锡、白居易等人那样，只是平平仄仄、仄仄平平，用诗的格律写那种像诗而不像词的作品。所以温庭筠是第一个重要的词作者。

第二个对词的发展有很大影响的作者是柳永。柳永也懂得乐律，当时不管在市井还是在乡野，很多的乐工歌妓都请求柳永给他们填写歌辞。以前从晚唐、五代一直到北宋初年，一般的作者都是填写小令，连晏同叔、欧阳永叔这样的大家填的也都是小令。可柳永不然，因为他懂得音乐的乐律，知道怎么样填写那些复杂变化的长篇词调，他能够掌握词的音乐性，所以才开启了文人诗客给长调填写歌辞的先例，柳永是影响词之发展的第二位重要的作者。

第三个影响词的重要作者就是周邦彦。周邦彦也懂得音乐，至于我的论词绝句中说“顾曲周郎”，这当然是一个典故，出于三国，说是周瑜精通乐律，只要他坐在厅堂之上，下边哪个乐妓演奏音乐有了错误，周瑜就看她一眼，于是有人说：“曲有误，周郎顾。”后来还有人写了两句小诗：“欲得周郎顾，时时误拂弦。”——我之所以弹错，就是想让周郎看我一眼：周瑜当然是风流潇洒了！周邦彦恰好也姓周，也懂得音乐，所以说他是“顾曲周郎”。而这个“顾曲周郎”开创了一种写词的新路子新方法，就是用赋的笔法来写词了。

那什么是“赋笔”？赋又怎样写呢？《文心雕龙》是我国南北朝时期一部很有名的文学批评著作，作者是刘勰。其中有一篇就叫《诠赋》，“诠”就是注释、说明，他就说明“赋”这种文体。中国很早就有“赋”这种文体呀，像庾子山的《哀江南赋》，这已经是晚期的赋了。早一些的比如汉赋，像司马相如不就写过一些长篇大赋吗？再有像张衡的赋、左思的赋，什么《两都赋》《三都赋》《二京赋》，还有很多，所以中国的文学传统中有“赋”这么一种体式，于是《文心雕龙》就有一篇《诠赋》，说明“赋”是怎样的一种文体。

刘勰说：“赋者，铺也。”他说“赋”就是展开的意思，散布开了就叫作赋。当然赋的解释很多了，但其中的一个解释就是铺陈、展开。诗是很精练的句子，李后主说“林花谢了春红，太匆匆。无奈朝来寒雨晚来风。 胭脂泪，相留醉，几时重？自是人生长恨水长东”，短短的一首小令，把我们天下人无常的悲哀都写进去了，这是诗（诗化之词），用最精练最短小的语言写出我们千古人类共同的一种感情。可赋不是，赋者是“铺”也，怎么铺？是“铺采摛文”：“采”是词采；你用了很多语言、很多文字，是“铺”；“摛”也是展开，你用雕琢、修饰、安排、造作，来写出一篇作品，所以赋是“铺采摛文”。

再有就是“体物写志”。“体”是观察、体验。最早的赋，像《荀子》里边就有赋篇，那荀子的赋篇写什么呢？他写《蚕赋》，就是我们养的抽丝的蚕；写《云赋》，就是天上的云；写《箴赋》，“箴”同做针线的“针”。什么《蚕赋》啦，《云赋》啦，《箴赋》啦，都是咏物的。他前面先刻画描写云是如何如何的，蚕是如何如何的，而最后的结尾说他用蚕暗示了什么意思，用云暗示了什么意思，用针又暗示了什么意思，这是荀子的赋篇。荀子的赋篇，就是这样“铺采摛文，体物写志”：你观察云，写云的变化、云的形成、云的姿态；你观察蚕，写蚕的成长、蚕的吐丝；透过你对物的观察、描述，最后写出你自己本身的意思来。是什么？是“曲终奏雅”。前边你铺陈一大堆，最后把你的本意说出来，这叫“体物写志”。所以跟诗的做法是不一样的。诗是“感物言志”：我看见外物，我内心有所感动，我就写出来了。像刚才我说李后主：“林花谢了春红，太匆匆”，他看到花落，内心有所感动，那是“感物言志”。可是赋呢？赋是“体物写志”，而周邦彦就是用赋的笔法写长调，用赋的笔法容易写长调嘛，因为长调写得长，要铺采摛文，你要铺陈、展开，像李后主写那么短小的令词，他掌握的是你内心深处一个感情的要点、一个精华，可周邦彦是展开来写的。

上次讲辛稼轩的时候，很多同学觉得遗憾，说讲了半天，都是稼轩的生平，最后只详细地精读了他的一首“举头西北浮云”的《水龙吟》，后来我附带用略读的方法讲了他另外一首《水龙吟》，还有他一首短小的令词：“凿个池儿，唤个月儿来”。辛稼轩是一位大家，共有六百多首词，我们讲的实在不成比例，实在对不起辛稼轩。其实今年我的研究生课程里边有一门课就是稼轩词，我们讲了稼轩的几十首词，大家都说稼轩词没有一首不好的，可是我不能把好几十首词搬到这里给大家讲，时间不允许。稼轩是一个什么样的人？我开始介绍他时就说了，在所有宋代的词人里边，唯一可以和中国诗歌里边最伟大的作者比美的，可以比美于屈原、杜甫、陶渊明的，只有一个稼轩。真正伟大的作者，我说过，是用他的生命来写作他的诗篇的，是用他的生活来实践他的诗篇的，他整个词是跟他的生活生命结合在一起的。我要讲稼轩就不得不把他的生命生活讲出来，你才知道他所写的“峡束苍江对起，过危楼、欲飞还敛”，是在什么样的一种心情、什么样的一种环境之下写的，所以讲稼轩就不得不讲他的生平。

周邦彦就不同了，周邦彦是用思想去写、用安排去写的，所以我说“顾曲周郎赋笔新，惯于勾勒见清真”。什么叫“勾勒”？比如妇女们绣花、描花样，描一只蝴蝶，蝴蝶上有几条花纹，上面有几个点点，你都勾勒出一个轮廓来，再一点一点地往上填写，一针一针地再去刺绣，这就是“勾勒”。李后主勾勒吗？“林花谢了春红”，他勾勒什么？他没有勾勒，王国维论用代字说的，你感情如果真实就“不暇代”，你有那么深的感情，一开口，就喷涌出来了，根本来不及去找什么安排替代的字，所以李后主从来没有勾勒过。

现在，周邦彦用赋笔来写词，他要铺陈展开。你的感情只有这么多，要展开那一大片，怎么展开？你就慢慢地描写，慢慢地勾勒吧。可是人家就说了，说别人“一钩勒便薄”，周邦彦“愈钩勒愈浑厚”：别人写词，你说我真是非常悲哀，我十二分地悲哀，我十二万分地悲哀，我实在悲哀得不得了，你老说这是什么意思嘛？说来说去人家都厌烦了。所以别人一勾勒就薄，味道就浅薄了。而周邦彦，不但会勾勒，他还有一个特色，就是“愈钩勒愈浑厚”，他说来说去，越说你的体会跟着他越深，这是周邦彦词的好处，你要从勾勒描绘来体会周邦彦。

而且周邦彦懂得音乐，他在词的美感上也有新的开创。北宋后期的徽宗也是一个喜欢音乐的帝王，他成立了音乐机构——大晟府。南宋的词人张炎写过一本书叫《词源》,《词源》上说：徽宗崇宁年间，朝廷设立了一个官府，这就跟汉武帝设立乐府一样，是掌管音乐的一个官府，就叫大晟府。他说周邦彦曾经在这大晟府里边掌管过音乐，所以他就审定古音，审定古调，他把中国音乐的乐调做过一次整理，怎么样呢？在他整理的时候，就“为三犯四犯之曲”，他自己开创了很多曲调。什么样的曲调？叫“三犯”“四犯”。“犯”就是冒犯、干犯。什么叫“三犯”？就是说在一首歌曲里边有三个不同的乐调，犯了三个乐调，就叫“三犯”。乐调怎么犯？我不懂音乐，据懂得音乐的人跟我说：音乐中有什么A调、C调、G调等等，他从这个调跳到那个调，再从那个调跳到另外一个调，就叫“三犯”。周邦彦可以作三犯、四犯的曲子，而他善于在音乐上玩弄花样，最多可以作“六犯”，就是在一首歌辞里边犯六个曲调。我们选作参考的这首词就是他犯六个曲调的一首词，调名为《六丑》，这是他自己新开创的曲调，调名也是他起的。你看那些调名有什么《菩萨蛮》了，《临江仙》了，《水龙吟》了，都是歌辞的乐调，而且是大众都填写的乐调，现在周邦彦所作的是六犯的曲子，他管它叫《六丑》，我们只略读这首词，等一下再另外详读他一首词，来看他怎么就“愈钩勒愈浑厚”。

这首词的调名是《六丑》，他为什么不叫“六美”？曾有人问他说：你作这支曲子，干嘛人家都叫“美”，而你叫“丑”呢？周邦彦就解释了，他说我这支曲子犯了六个调子，我所结合那些调子都是最难唱的，所以叫“六丑”。这首词有题目，不同的版本中题目不同，有的版本题目是“落花”；有的版本题目比较长，是“蔷薇谢后作”，这就指出来是什么花，说是蔷薇花凋落了。你看他写什么，你就知道赋笔的词跟以前有绝大的不同。因为以前的歌辞之词、诗化之词都是以直接的感发为主。我们讲过温庭筠的令词，我说温庭筠是双重性别，他大概总是写女子的情思、女子的形象、女子的感情、女子的生活。我们讲过他的什么“小山重叠金明灭”了，什么“懒起画蛾眉”了，但因为时间关系，很多词来不及讲。他还写过两首《南歌子》，很短的小令。他说：

倭堕低梳髻，连娟细扫眉。终日两相思。为

君憔悴尽，百花时。

“倭堕低梳髻”：“髻”是发髻；“倭堕”是一种斜斜地垂下来的发髻。“连娟细扫眉”：“连娟”是形容很美丽的样子，她慢慢地描画自己的眉毛。接着，“终日两相思”，整天我都在相思。最后，“为君憔悴尽”，我为你相思而憔悴了，在“百花时”，在春天百花盛开的时候。

温庭筠还有一首《南歌子》，他说：

手里金鹦鹉，胸前绣凤凰。偷眼暗形相。不如从嫁与，作鸳鸯。

“手里金鹦鹉”：我手里拿的是金鹦鹉，多么美丽的鸟！多么贵重的黄金！“胸前绣凤凰”：我胸前绣的花样是一对凤凰。“偷眼暗形相”，我就偷偷地看一眼，“形相”就好比我们说相亲，相看一下，这个人怎么样。“不如从嫁与”：我觉得你果然不错，风度翩翩，不如嫁给你。“不如从嫁与”，就“作鸳鸯”。这些“歌辞之词”都是直接写的。

再看“诗化之词”。苏东坡说“有情风万里卷潮来，无情送潮归”，说“谁似东坡老，白首忘机”，都是直接就打动你呀。就是温庭筠借用女子的口吻来说，他也是直接打动你，更不用说辛弃疾了。辛弃疾说“举头西北浮云，倚天万里须长剑”，这当然是直接打动你。再看李后主，他说“林花谢了春红”，是直接打动你。同在南唐的冯延巳说“梅落繁枝千万片”，梅花从开得那么繁密的枝头上飘落下来；“犹自多情，学雪随风转”，花直到落还是多情的，就在飘落的那一刹那也要舞动出这么美丽的姿态！你看他把落花写得这么多情，带给读者的，自是直接的感动。

同样写落花，你看周邦彦这花是怎么落的，我先把它念一遍：

> 正单衣试酒，怅客里、光阴虚掷。愿春暂留，春归如过翼。一去无迹。为问花何在，夜来风雨，葬楚宫倾国。钗钿堕处遗香泽。乱点桃蹊，轻翻柳陌，多情为谁追惜。但蜂媒蝶使，时叩窗隔。　　东园岑寂，渐蒙笼暗碧。静绕珍丛底，成叹息。长条故惹行客。似牵衣待话，别情无极。残英小、强簪巾帻。终不似、一朵钗头颤袅，向人欹侧。漂流处、莫趁潮汐。恐断红、尚有相思字，何由见得。

他写的是花落。“正单衣试酒”，冬天穿着很厚重的衣服，到花落的季节已是暮春初夏了，李商隐说“夹罗委箧单绡起”：把厚重的衣服都收起来，我要穿一件单薄的衣服；“庾郎年最少，青草妒春袍”，穿上“春袍”——薄的衣服，这是“单衣”，“试酒”就是饮酒。“怅客里、光阴虚掷。愿春暂留”，我希望春能留下，可是“春归如过翼，一去无迹”，春天就走了。“为问花何在”，花都落了，花到哪儿去了？是“夜来风雨，葬楚宫倾国”，因为昨天晚上狂风暴雨，把那楚国宫中最美丽的女子——当然指的是花了，“楚宫倾国”，就把它们埋葬了。“钗钿堕处遗香泽”，每一片花瓣，就像女子头上的钗钿等装饰，古代的女子不是常常要在头上贴很多的花钿珠翠吗？他说落花就像那女子头上的钗钿，落在地上了依旧有残留的香气。“乱点桃蹊，轻翻柳陌”：落花有时候落在桃蹊上，古人说“桃李不言，下自成蹊”，“蹊”是小路，“桃蹊”就是种桃的小路；“轻翻柳陌”，落花有时候也会翩翻飞舞在长满杨柳的陌头。“多情为谁追惜”，有什么人怜惜这些落花？“但蜂媒蝶使，时叩窗隔”：花已经落了，而他不说人爱花，却说“蜂媒蝶使”——蜜蜂与蝴蝶爱惜这些花，留恋这些花，“时叩窗隔”，它们有时候飞到窗边，轻叩在窗隔的纸上。

“东园岑寂，渐蒙笼暗碧”：“东园”指栽满了花木的一个花园，现在已经非常寂寞了；“蒙笼暗碧”，“绿叶成荫子满枝”，花都落了，只剩下满树的绿叶。“静绕珍丛底，成叹息”，我走在那花丛下面，只有叹息而已。“长条故惹行客”，蔷薇花枝是长刺的，他说那些枝条上的刺就牵住我的衣服，好像有挽留我的意思。“长条故惹行客。似牵衣待话，别情无极”，蔷薇花好像要跟我说话，与我告别。“残英小、强簪巾帻”，那么小小的落花，勉强找一朵簪在我的头巾上。“终不似、一朵钗头颤袅，向人欹侧”：就算我周邦彦，捡它一朵落花，勉强插在我的头巾上，可是这跟当年美人还在、花还盛开的时候毕竟不同了。当年美人簪花，“一朵钗头颤袅，向人欹侧”，美人将花插在头上，就靠近我，她的头斜下来，头上的花也斜下来，就在我的身边。那是当年，花在盛开、美人也在身边的时候；现在花也落了，美人也不在身边了。“漂流处，莫趁潮汐。恐断红、尚有相思字，何由见得。”花落了，“莫趁潮汐”，“潮汐”是水的涨退了，你不要随水流去，恐怕“断红”——那些已经从树上断开的落花，恐怕花上还有人题写了相思的字样。古人在红叶上题诗，也可以在花瓣上写诗啊。“恐断红、尚有相思字”，如果这“断红”上还有“相思字”，现在就要随水流走了，“何由见得”，你怎么能再看到它的“相思字”呢？

你看他写的落花，他是铺陈，真是“铺采摛文”，不是给你直接的感动，他是用意念、思索安排来写的。可是人家也说了，说“他人一钩勒便薄”，周邦彦是“愈钩勒愈浑厚”，我们现在就要看他“愈钩勒愈浑厚”的一首词，那就是《兰陵王·柳》。《兰陵王》也是词的一个牌调的名字，据笔记上记载的，宋朝有一个人叫毛幵，他写有一本书叫《樵隐笔录》，《樵隐笔录》上记载说：南宋高宗的绍兴初年，都下盛行周清真“咏柳”的《兰陵王》一词——那时候最流行的一支歌曲，就是周邦彦的《兰陵王》。我为什么在讲《兰陵王》以前，先讲它流行的一个时代呢？因为北宋败亡以后，周邦彦也已经死了。当年欧阳修死后，“佳人犹唱醉翁词”；周邦彦也是，他都去世了，可是后人还在唱他的词。所以绍兴初年，都下就盛传着周邦彦的《兰陵王》一词。《樵隐笔录》上说：“西楼南瓦皆歌之。”“楼”者是歌妓酒楼；“瓦”是瓦舍，指一般妓女，而且是不很高级的妓女居住的地方。“西楼南瓦”，到处的歌妓酒馆，都在唱这首《兰陵王》的词，而且给《兰陵王》起了一个别名，叫作《渭城三叠》，就是《渭城曲》。

《渭城曲》本是唐朝的王维的一首诗：“渭城朝雨浥轻尘，客舍青青柳色新。劝君更尽一杯酒，西出阳关无故人。”怎么样重叠？怎么样唱？有很多不同的叠法。我们先不管它，那为什么《兰陵王》这首词在南宋绍兴年间流行的时候管它叫《渭城三叠》呢？就因为《兰陵王》写的也是在都城送别的感情和事件。关于王维的那个“三叠”是怎么样叠，有不同的说法；而周邦彦这首词为什么也叫“三叠”？我把它念一下你就知道了。

柳阴直。烟里丝丝弄碧。隋堤上、曾见几番，拂水飘绵送行色。登临望故国。谁识。京华倦客。长亭路，年去岁来，应折柔条过千尺。　　闲寻旧踪迹。又酒趁哀弦，灯照离席。梨花榆火催寒食。愁一箭风快，半篙波暖，回头迢递便数驿。望人在天北。　　凄恻。恨堆积。渐别浦萦回，津堠岑寂。斜阳冉冉春无极。念月榭携手，露桥闻笛。沉思前事，似梦里，泪暗滴。

“柳阴直。烟里丝丝弄碧。”你要注意到这是入声韵。这首词通篇押的都是入声韵。词讲究平仄，可以配合乐律。而且我讲到这里还要特别提到，所谓“顾曲周郎”，周邦彦是一个很懂得音乐的人，他不但能够作“三犯”“四犯”的曲调，而且对于用字的平仄、四声非常讲究。我们说平仄又说四声，诗只分平仄：平声有阴平和阳平，就是我们普通话第一声和第二声；然后其他的三声——上声、去声、入声，统统地叫作仄声。所以诗里边只分两个调子——平声和仄声，阴平阳平都是平声，上、去、入都是仄声。词就不然了，词不只是分平仄，还要分上去，平声也要分阴平阳平。而周邦彦，不但能够把乐调犯来犯去，他填词非常注重平仄，我们可以举几个例证。

比如说周邦彦有一首词，牌调叫《绮寮怨》：

上马人扶残醉，晓风吹未醒。映水曲、翠瓦朱帘，垂杨里、乍见津亭。当时曾题败壁，蛛丝罩、淡墨苔晕青。念去来、岁月如流，徘徊久、叹息愁思盈。去去倦寻路程。江陵旧事，何曾再问杨琼。旧曲凄清。敛愁黛、与谁听。尊前故人如在，想念我、最关情。何须渭城。歌声未尽处，先泪零。

这首词押的是平声韵，而它在很多韵脚的最后的三个字，都用的是“平－去－平。“上马人扶残醉，晓风吹未醒”，我一定不能念“吹未醒”，“醒”字我们俗念都是第三声，但是这个字古音有平仄两种读法，这里一定要读“星”的音。不是我故意要奇怪地读，你一定要念“星”，“吹未醒”——平－去－平。后面说“淡墨苔晕青”，“苔晕青”也是平－去－平。“叹息愁思盈”，“思”字我不能念“思”，我要念“四”。“思想”的“思”也有平声、仄声两个读音，一般念“思”，可是在诗词里边做名词的时候它念“四”，苏东坡说“无情有思”，所以念“四”。“chóu sì yíng”，我一定不能念“chóu sī yíng”。同样，“去去倦寻路程”，“寻路程”——平－去－平；还有“先泪零”——平－去－平。我是说：周邦彦的词非常讲究平仄，这首词押平声韵，而韵字落脚的地方最后三个字都是平－去－平，这是音乐的要求，不是我故意不把它按照普通话来念。吹未“星”，愁“四”盈，一定是这样念的。

不但是平－去－平，他还有很多调子，都非常讲究，我现在只是简单地举一些作说明。比如说他的另外一个牌调的词《荔枝香近》：“看两两相依燕新乳”，“乳”是刚刚生下来，好像吃奶的小孩子，那样的燕叫“燕新乳”,“燕新乳”是去－平－上。你看，四声不但分平仄，他还要分上去。再比如“小槛朱笼报鹦鹉”，“报鹦鹉”也是去－平－上。他另外的一首《荔枝香近》：“始觉惊鸿去云远”，“去云远”——去－平－上；“柳眼花须更谁剪”，“更谁剪”——去－平－上，这都是去－平－上。所以他有时候是平－去－平，有的是去－平－上。

南宋的姜夔是受周邦彦影响的作者，也是一位懂得音乐的词人。他写过很有名的两首词：《暗香》和《疏影》。《暗香》最后说：“又片片、吹尽也，几时见得。”“几时见得”，是上－平－去－入，四个字有四个不同的声调。所以，这些用所谓“赋”的笔法来写词的人，是很讲究用字的平仄，非常严格的。我们只是顺便提到，这是周邦彦的特色。大家看我讲辛稼轩，不得不详细讲他的生平；我讲周邦彦，就不得不讲他的声律：每个词人有每个词人的特色。现在，我们就来看他那首“西楼南瓦”都在歌唱的《兰陵王》，为什么叫《渭城三叠》，我还是先把它念一遍。

“柳阴直。烟里丝丝弄碧”，“碧”是入声；“隋堤上、曾见几番，拂水飘绵送行色”，“色”也是入声；“登临望故国”，“国”还是入声；“谁识”，“识”也是入声，短句押韵；“京华倦客”，“客”是入声；“长亭路，年去岁来，应折柔条过千尺”，“尺”字是入声，到这里空两格。

我们以前所讲的词，不管是温庭筠、韦庄，还是苏东坡、辛稼轩，常常有时候在他那个调子中间空了两格，分成前半首和后半首，前半首我们叫“上半阕”，后半首叫“下半阕”。“阕”是一个音乐的停顿，前半阕、后半阕，是只分两节的。可现在周邦彦这首词分了三个段落，“应折柔条过千尺”，这里空了两格，是第一个音乐的停顿。

接下来，“闲寻旧踪迹”，“迹”是入声；“又酒趁哀弦，灯照离席”，“席”是入声；“梨花榆火催寒食”，“食”是入声；“愁一箭风快，半篙波暖，回头迢递便数驿”，“驿”是入声；“望人在天北”，“北”是入声，你一定要这么念，“望人在天北”，又停下来了，这是第二段。

然后“凄恻”，“恻”是入声，和“谁识”一样，是短句押韵；“恨堆积”，“积”字入声，也是短句押韵。“渐别浦萦回，津堠岑寂。斜阳冉冉春无极。念月榭携手，露桥闻笛。沉思前事，似梦里，泪暗滴。”这最后的两句：“似梦里，泪暗滴”，两个三字句——仄仄仄，仄仄仄，这与诗的平平仄仄、仄仄平平完全不一样了。

整首词分成三段，而且整首歌曲的内容是写送别的，所以管它叫作《渭城三叠》。有人编选周清真的词，说《兰陵王》是他早期的作品。因为宋人的笔记里有一个传说，说当时有一个叫李师师的名妓，“色技冠一时”——她的颜色与她的技能冠绝一时，歌妓酒女中没人能比得上这个李师师，所以连徽宗皇帝都欣赏了她。而这个周邦彦呢？他与李师师之间也是一般人所说的“相好”。有一天，周邦彦正在李师师那里唱歌饮酒，忽然间说是皇帝来了，这可不得了，于是周邦彦赶快躲到床底下去了。那皇帝到后，就与李师师谈话，据说周邦彦后来还为此写了一首词，说是：“低声问向谁行宿？城上已三更。马滑霜浓，不如休去，直是少人行。”皇帝一听，这首歌辞唱的怎么是我跟李师师之间的谈话呢？谁写的这首歌辞？一打听知道是周邦彦写的，他就把周邦彦赶了出去。临行前，李师师为周邦彦送别，有人说送别的时候，周邦彦就写了这首《兰陵王》。

这当然是一首送别的词。而刚才所说的都是传闻之言、小说家言，没有那回事，但也有人相信有那回事，所以就把它算在周邦彦早期的作品中，说那是跟歌妓酒女的往来。其实不然，我个人以为，这正是周邦彦晚年的作品。而且我们刚才已经说了，这首词是绍兴初年在"西楼南瓦"间传唱一时的，而且据传说，这首《兰陵王》的曲调是从皇帝的教坊里边传出来的。我认为，有了大晟府以后，才有了这样新鲜的调子，然后传唱一时。

好，我们简单介绍了这个词调，下面就来看这首词。我说他是用写赋的笔法来写，都是铺陈，都是描写，都是勾勒，都是用思想用安排，而不是从内心的感动来直接地抒发。我刚才也说，你仅描来画去地勾勒，越勾勒越浅薄，周邦彦怎么会"愈钩勒愈浑厚"？我们就要用这首词来讲周邦彦为什么"愈钩勒愈浑厚"。这首《兰陵王》后边有人给他加了个题目——"柳"，因为他是从柳树写起的。可是柳树在中国古代，是离别的象征。古人折柳送别，说"柳"有"留"的声音，而且柳条那么绵长，代表着相思的无穷无尽。"杨柳又如丝，驿桥春雨时。"李商隐咏柳的诗："为报行人休尽折，半留相送半迎归。"他说：我告诉那送别的行人，你不要把柳条都折走，因为"半留相送半迎归"，这一半我给你送别折了，还有一半要留下来，等着你回来呢！所以柳是离别的一个象征。

《兰陵王》就是咏柳的。他说："柳阴直。烟里丝丝弄碧。"什么叫"柳阴直"？直字很妙，有人说日正当中，太阳照下来的影子就是“直”，所以这柳阴是直的。但也有另一解，他是在北宋的都城汴京送别，汴京城外有汴河，汴河两边的河堤岸种的都是柳树。你如果沿岸种柳，沿着河堤一直种下去，一条线都是柳树，你站在一端看，就是“柳阴直”——这么整整的一行都是柳树。你看他的勾勒描绘：有远观有近观，有粗写有细写。乍一看它是“柳阴直”；仔细一看，在这排直的柳树之中，是“烟里丝丝弄碧”——烟霭冥蒙之中，每一条柳丝都在袅娜地舞动。

现在时间已到，我们让它先舞动一下，等会儿再接下来看。

曾庆雨 整理

第二讲

如果你以为仅凭勾勒就能写出词那就错了，周邦彦内心深处对时局和政治也有很深的感慨呢！只不过，他的胸襟气度与苏、辛有所不同，因此他的词在气象上也就不免逊于苏、辛了。

我们开始讲周邦彦这首《兰陵王》的词。一般常常在这个词牌的牌调后面写一个“柳”字，因为它开头是从写柳树开始的。但事实上这首词的主体写的是离别。为说明周邦彦的词为什么“愈钩勒愈浑厚”，我们应该对周邦彦写这首《兰陵王》词当时的时代背景，有一点点的了解。

周邦彦是钱塘人，他在二十几岁，也就是在神宗变法、太学扩建的时候从南方来到了汴京开封，然后进入了太学。根据宋朝历史的选举制，当时的太学生，分成三舍。什么是三舍生呢？刚刚进来的是外舍生，是最低层次的太学生。外舍生每月有一个小的考试，每年有一次大的考试，如果考中了第一等或第二等，从而得到提升，就从外舍生变成内舍生。内舍生呢，每两年有一次考试，如果考上了优等的、一等的，会再升一级，从而变成上舍生。分成三级，由外舍生到内舍生到上舍生。周邦彦是在元丰初年当这个太学扩建的时候，从故乡的钱塘来到首都，就作为外舍生。而他几年都没有升级，怎么知道他没有升级呢？根据南宋李焘的《续资治通鉴长编》记载：元丰七年三月，诏太学外舍生周邦彦考试。你看他从元丰初年（元丰二年或三年）这个时候入太学，一直到元丰七年他还是外舍生呢。《续资治通鉴长编》还记载，当时叫他来考试，考试以后他就从最低的外舍生一升而成领导了，就作为太学正了。为什么给他这么一个特别的考试呢？因为古人常常是如果考试考不上，或者在学校里边不升级，就献一篇赋，表现自己的文才，皇帝一欣赏就会赐给他一个特别的考试，连杜甫都是这样，献了三篇大礼赋。因此周邦彦就献了一篇《汴都赋》。古代这个赋有一种专门是写都城的，什么《三都》《二京》的，《汴都赋》也是如此。当时神宗正在变法，他的《汴都赋》全文又都是歌颂赞美新法的，皇帝当然很高兴了，因而一考试他就从外舍生变成太学正了。本来他既然得到了神宗的欣赏，应该很快就会有很好的做官的机会，可是没想到在他得到神宗欣赏以后不久，不过差不多两年的时候，神宗皇帝驾崩了。神宗皇帝去世以后哲宗小皇帝即位，因哲宗很小，所以太皇太后高太后真正地执掌政权。而这个太皇太后呢，不喜欢神宗皇帝的变法，就把旧党的司马光、苏东坡这些人都叫回来了，旧党开始用事了。而在新旧党争政治交替的时候，凡是在朝的官员要不卷到党争里边去是很难的，苏东坡不是也卷到新旧党争里边去了吗？因此新旧党的交替也就不免波及他周邦彦了。周邦彦曾经写了一封信，给他的一个朋友。周邦彦怎么写的呢？他说："邦彦叩头：罪逆不死，奄及祥除。"经过了国家的一个改朝换代，他曾经赞美过新法，而现在是高太后用事，起用旧党的人，所以我"罪逆不死"，就"奄及祥除"，我停留能够活下来，一直活到祥除。什么叫作祥除呢？古人的丧事，有大祥小祥之分，一年以后有一批人脱去丧服了，这叫祥除。在皇帝死后有重丧的时候，当重丧的丧服脱除了，就是"奄及祥除"。"食贫所驱，未免禄仕"：本来经过国家的、政党的这种变化，我可以不干了，我回家去好了，可是"食贫所驱"，因为我家里很穷，我不做官不要这点俸禄就不能够谋生，所以就"未免禄仕"，为了求一点官禄，我就不得不出来做官。那他到哪儿去了呢？就把他从首都放出去给他一个外地的官，到江西庐州去做教授。这封信是说他本来应该在太学做太学正，可是现在经过国家朝代的改变，新旧党的改变，他要到外地的庐州去做官了。他说："此月末，挈家归钱塘，展省坟域，季春，远当西迈。"在远去庐州以前，我现在先带着家眷回一趟老家钱塘。回钱塘干什么呢？祭拜祖坟。季春，等到春末的时候，"远当西迈"，我那个时候就向西方，即庐州，庐州在西边，就到西方庐州去上任了。"浸远友议，岂胜依依"：我跟你们这些朋友不能常常一同谈论了，我离你们越来越远了，所以我非常依依惜别。写了这样一封信，他就走了，就到了庐州。从庐州以后，根据历史上大概的记载，他曾经转官至荆州，从荆州到了江苏的溧水县，在溧水呆得最久，大概有四年之久。后来有一个叫强焕的给周邦彦的词集《片玉词》写序言，说周邦彦到了溧水做知县以后，他就在后花园盖了一个亭子，叫作姑射亭。我们以前在讲苏东坡词介绍庄子思想的时候曾经讲过"藐姑射之山，有神人居焉"，表示庄子学道超然的一种心境。还建了一个厅堂，叫作萧闲，也是表示潇洒闲适的意思。他从离开首都后，到庐州，到荆州，到溧水，前后大概有将近十年之久。后来执掌政权的高太后死了，小皇帝哲宗就真正有了实权。你看《汉武大帝》这个电视，窦太后一直干政，可窦太后一死，这小皇帝爱干什么就干什么了。当高太后死了，小皇帝哲宗就把他祖母欣赏的这些旧党的人都赶出去了，又把新党的人都召回来了。周邦彦也就在这个时候又回到首都来，而他回到首都之后又有几次进出都城官职升降的种种的经历。

我现在讲这个背景就为的是我要讲他的《兰陵王》，勾勒之中何以浑厚。勾勒写的是离别，在哪里的离别？首都城外，"柳阴直。烟里丝丝弄碧"，是"隋堤上"，隋堤是汴京城外汴河的河堤，一定要了解这个背景。这首词开端只是说柳树的美，"柳阴直。烟里丝丝弄碧"。在首都旁边汴河的隋堤岸上，"曾见几番，拂水飘绵送行色"，就在城外汴河的堤上，"拂水飘绵"，"拂水"状柳条之柔长，"飘绵"，每年暮春三月柳花飞，即飘绵，绵就是柳绵。我看见过多少次就在汴河堤上，杨柳拂水飘绵的时候，多少人从这里走了。你要注意他的用字，"曾见几番"，这首词很多人读了以后都不懂，说他写的是送行人，就在这里，我送你走，还是远行人，我要走了，我跟你告别？因为这首词写得很含混，有说“拂水飘绵送行色”是从送行人的角度写的，在柳条披拂的时候远行的客走了。

“登临望故国。谁识。京华倦客。长亭路，年去岁来，应折柔条过千尺。”周邦彦的词所以很妙，是“愈钩勒愈浑厚”，但是你一定要了解他写词的背景。“登临望故国”，我在汴京城城楼上“望故国”，“故国”有两种可能：一种是指周邦彦的故乡，是远在钱塘；一种是指首都，杜甫诗“故国平居有所思”，“故国”指长安。“登临望故国”是指远行的人要离开首都的时候。杜牧之有诗“欲把一麾江海去，乐游原上望昭陵”，杜牧之他拿着一个麾，一个使节，要出官，到远方去做官，登上长安城外的乐游原，他就回望昭陵。还有杜甫诗“回首凤翔县，旌旗晚明灭”，即说这些臣子要去国、从朝廷走的时候，登临望故国，暗示自己不忍心离开朝廷。“谁识。京华倦客”，谁知道，谁能够理解我们这些在京华首都做官的人，经过这么多宦海波澜，我们内心对于这种官场的生活，那一份悲哀和厌倦的感情，所以“登临望故国。谁识。京华倦客”。“长亭路，年去岁来，应折柔条过千尺”：在这个新旧党争之中，今天这批人上台了，那批人走了，明天那批人上台了，这批人走了，就在汴河上眼见了多少盛衰、多少祸福、多少离别。“长亭路，年去岁来”，旧的一年去，新的一年来，在党争之中，新旧交替。“应折柔条过千尺”，这柳树不知道被人攀折了多少次了。你看它的呼应，在勾勒之中的呼应。他前面说隋堤上是“曾见几番”，那是“几番”，这个“几番”到这里就呼应到“年去岁来”。

所以不要把这首词讲死了，仅仅是指一个人的送别，而是指整个的一个时代背景的送别，整个一个朝廷的党争的盛衰变化。

因此他“闲寻旧踪迹”，我今天在这个送别的场合之中，我要找一找我旧日的痕迹。我周邦彦也曾经在这里被赶出去，又从这里回来。这种送别的场面，我自己经历了多少次了。所以“闲寻旧踪迹”，“又酒趁哀弦，灯照离席”，这真是勾勒。从他的“曾见几番”到他的“年去岁来”，到他的“又”。一个“又”字，不止一次，又是如此，这不是偶然的，不是只是一次。“又酒趁哀弦，灯照离席”，又来到一个离别的场面，又有一些人走了。同样的场面，同样的情景。我们在别离的酒宴上，听着那离别的歌曲，欧阳修词“离歌且莫翻新阕，一曲能教肠寸结”。“又酒趁哀弦，灯照离席”，酒店里的灯照的同样是离别的宴席。现在又到了离别的日子了，“梨花榆火催寒食”，寒食在清明节前后。这有一个历史故事。相传，晋公子重耳当时出亡的时候，有很多随从跟着他到外边去，其中有一个叫介子推。当晋公子重耳在外面没有粮食吃，非常饥饿的时候，介子推就从腿上割下一块肉来给他吃。等到公子重耳回来做了晋文公，做了一国君主的时候，他就犒赏跟随他流亡的这些大臣，却偏偏把介子推忘记了。虽然晋文公忘记了，但是介子推没有讲话，也没有邀功请赏。后来有人提醒了晋文公，晋文公心想：他有很大的功劳，要不然我饿死了呢，说要给他封赏。然而介子推却逃走了，不接受这个封赏。介子推带着他的母亲逃到山上去了。晋文公请他下来他却不肯，有人给晋文公提个建议，说放火烧山他就逃下来，可是介子推终于没有下来，就被烧死了。

于是晋文公很悲哀，为了纪念介子推，下令在他死的这个季节，全国不许点火。这就是寒食节的来历。在寒食节只能吃冷菜冷饭，不许点火。等寒食节过了，你要点火做饭的时候哪有火啊？只有钻木取火。古人用钻子凿在木头里边紧紧摩擦，可以生出火来，就是钻木取火。哪一类的树钻木最容易取火呢？是榆树跟柳树。所以现在他这里就写了，“梨花榆火催寒食”，又到梨花开了，又到钻榆木取火的季节了，也就又到了寒食的季节了，清明时节随后而至。“清明时节雨纷纷，路上行人欲断魂”，清明是一个离别的季节。

如果从前面看，“拂水飘绵送行色”好像是从送行人的角度来说的，可是后面忽然间变了，说“愁一箭风快，半篙波暖，回头迢递便数驿。望人在天北”。为什么在汴河边上送人走，因为他是坐船走的嘛。“一箭”，形容风吹得很快，船也走得很快，像一支箭射出去。风一吹，一箭风快，这只船就远离了汴河的河岸。有的时候呢，这个船不但有船帆，而且船是靠在岸上，光有风还吹它不走，光有帆它也不能走。因为它搁浅在岸上呢，须用一个竹竿子这么一撑，让船离开了浅水，来到深水，才能够“一箭风快，半篙波暖”。“篙”，竹篙子，即一根竹竿。这个竹竿很长，没下了一半在水里边，并且春水是温暖的，因此是“半篙波暖”。竹竿子一撑，风一吹，转眼船就离开很远，“回头迢递便数驿”。现在不是送行的人了，而是远行人了，一下子船就过了很多的驿站了。驿，驿站，一个一个船的码头。他说你“一箭风快，半篙波暖”，你一回头，已经“迢递”，如此遥远了；“便数驿”，已离开好几个码头了。你要看这里，他是勾勒。“一箭风快”，“一”是少数的字；“半篙波暖”，“半”更是少数的字；“数驿”是一个多数的字。用两个少数的字，衬一个多数的字，既言船走得快，且言距离之远。“回头迢递便数驿”，再回头一看，那在汴城城楼上送行的人已在天之北方，遥远的天的一方。“我家襄水曲，遥隔楚云端”，这是孟浩然的诗。就在天的那一边，望人在天北。这是第二段。

然后这个人就走了：“凄恻。恨堆积。渐别浦萦回，津堠岑寂。斜阳冉冉春无极。”他走的时候，一路上，愁恨越来越多。因为你所爱的人，你所关心的人，以及当年的聚会，都不再回来。所以你的离愁别恨，越来越多，越来越深。可是船还在路上走呢，浦是水边的水岸，别浦，一个水岸又一个水岸，过了这一个水湾，又到那一个水湾。萦回，曲曲折折地走了很多的水路。津是津渡，码头；堠是一个瞭望的处所，在码头上有一个瞭望的，看远处的船的来往。如果现在你们坐火车走，一个人离开，你坐在火车上，刚刚还在一起欢笑饮酒告别唱歌，现在你却坐上火车，“渐别浦萦回，津堠岑寂”。此时他在船上啊，在他满心的离愁别恨的时候，张眼望去，“斜阳冉冉春无极”。从离愁别恨的感情之中跳出来写景色。斜阳冉冉，冉冉是慢慢地移动。西下的斜阳就慢慢地西沉。不管是水上，不管是岸边，烟霭冥蒙之中的春水，烟霭冥蒙之中的春树，真是“斜阳冉冉春无极”。在写了“凄恻。恨堆积”的离愁别恨之后，忽然间跳出来，是“斜阳冉冉春无极”。有人赞美，说这七个字好，要仔细吟味这七个字，“入三昧出三昧”，你就体会了词的好处。什么好处？融情入景，情景交融。所以现在你不用说我的离愁别恨有多少，那斜阳冉冉无边的春色，都是你的离恨别愁。

然后慢慢地回想了：“念月榭携手，露桥闻笛。沉思前事，似梦里，泪暗滴。”我想到当年在首都的城中，我跟我所爱的女子，在月榭携手。榭，花木点缀的高台，可以远望。而在高台上可以看到天上的月亮，这是月榭。我曾经与你携手一同在月榭观赏天上的明月。“露桥闻笛”，夜已经很深了，桥上都是露水，在那个桥边听到远方的一片笛声。这是周邦彦写都城欢会的情景。都城当然有歌妓酒女，汴京城是如此的繁华，令我“沉思前事”，即我跟我所爱的人月榭携手，露桥闻笛这些前事；“似梦里”，人生如梦，真是过去的往事，当时那么现实，那么清楚，可是现在回想起来一切都落空了，像一场梦一样；“泪暗滴”，我不知不觉流下泪来。你看他的勾勒，而且他暗中所写的那种感慨一个字都没有露出来，完全是从离别的勾勒写起，而他的感慨都在言外。刚才所说，“曾见几番”，“年去岁来”，“又酒趁哀弦，灯照离席”，可见他所写的离别不是一次的离别，不只是一个人的离别。在离别之中他隐藏了多少当时汴京首都的政海波澜的感慨，一个字都没有说。这是周邦彦一首非常有名的好词。但是如果只看这一首词，你还不能够证明周邦彦的词真有这么深远的托意。我讲什么“几番”了，什么“年去岁来”了，我认为这里边有很多托意。关于这首词，过去很多人进行解释，如清朝的学者俞陛云，还有周济。他们都在猜测，说到底此词是行者之词，还是送行者之词，彼此争论不休。因为这首词写得含混，不清楚，既像是送行人，又像是远行人。因此我以为他根本写的不是一个人的离别，不只是一个送行人，也不只是一个远行人，是整个的当时的汴河上不断的送往迎来，暗含无数政海波澜的背景。

如果光说这首词还不足以证明，说周邦彦词里面有像你说的这么多的意思吗？那么我们就要再看他一首词《渡江云》：

晴岚低楚甸，暖回雁翼，阵势起平沙。骤惊春在眼，借问何时，委曲到山家。涂香晕色，盛粉饰、争作妍华。千万丝、陌头杨柳，渐渐可藏鸦。

堪嗟。清江东注，画舸西流，指长安日下。愁宴阑、风翻旗尾，潮溅乌纱。今宵正对初弦月，傍水驿、深舣蒹葭。沉恨处，时时自剔灯花。

这也是一个在船上的行人。我们刚才没有时间仔细地介绍周邦彦的生平，可是也略微地说过了，周邦彦离开首都以后，就到了庐州，到庐州以后他曾经又到过荆州，然后又来到了溧水县。而荆州这个地方，是周邦彦少年的时候就曾经去过的，周邦彦有词“荆江留滞最久”，他曾经在荆楚这里停留过很长的时间，现在他又来到这个地方。“晴岚低楚甸”，真是写得很美。岚是山上云烟之气，远望烟霭冥蒙。晴天的时候，远方烟霭冥蒙，笼罩在荆楚的一片平原的原野上。

“暖回雁翼”是写得很妙的一个句子。春天回来了，春天从哪里回来？春天从花开那里回来了？春天从草绿那里回来了？他说春天从哪里来？温暖的春天从大雁翅膀下回来了。这写得真是很美。何以见得？因为天气暖了，大雁就由南向北飞了，所以春天的暖气回到大雁的翅膀下。“阵势起平沙”，只有这样的雁群你可以称它是阵势，一只鸟飞有什么阵势？你看天上总是一群雁在飞，有时排成一字，有时排成人字，很整齐的，像是列着队伍。以列阵的形式，从平沙上飞起来，俗话说：平沙不是落雁嘛！“骤惊春在眼”，我忽然间一看，满眼都是春色了。“借问何时，委曲到山家。”“借问”是诗词常用语汇：“停船暂借问，或恐是同乡”，“借问酒家何处有”。请问春天回来了，而春天不只是回到大雁的翅膀那里，也回到山家，回到山里一个小房子去了。你想到处是深山茂林，一个小房子，躲在里边谁都看不见，那春天怎么来了？春天就穿过了丛林，穿过了山麓，就来到你的山家了。“委曲”写得很好啊！春天转了几个弯，从那个密林丰树之间来到你的山家。什么时候来？“借问何时”到山村里边一个小小的人家。小小人家怎么样了？“涂香晕色，盛粉饰、争作妍华。”春天把花都涂上香气、染上颜色，把草也染上颜色，把树也染上颜色，有红的、绿的、粉的、白的，各种颜色。这么茂盛，这么华丽的感觉，都打扮得非常漂亮，“争作妍华”。不管是桃花还是杏花，还是什么花，大家都争着要表现自己最美丽的容颜，所以“盛粉饰、争作妍华”。花都开得这么美丽，可是“千万丝、陌头杨柳，渐渐可藏鸦”。不但是红绿粉白，各种颜色的花都开了，而且千条万缕的小路边的杨柳也越来越茂密了，枝叶很茂盛，就“渐渐可藏鸦”。一个干树枝上，站一只乌鸦，你老远就看见了，因为没有树叶的遮蔽嘛！等到千万丝杨柳枝叶越来越茂密，遮蔽了树上一切外来事物，所以那柳树里边有一只乌鸦你没看见。我一直讲到这里，我们都没有把他真正的本意透露出来。等讲到最后你再回头来看，你就知道“阵势起平沙”，“争作妍华”，柳树的藏鸦，都是有意思的。

“堪嗟”，如此美丽的春天，他说我真是悲哀，我真是叹息。我们刚才简单地介绍了周邦彦的生平，周邦彦也是受了新旧党争的影响，虽然他不是党争之中的重要的人物，不像王安石、司马光，但毕竟也是受了党争的影响的。当哲宗皇帝掌握了大权，他把旧党的人都赶走了，把新党的都叫回来了，周邦彦在神宗元丰年间上过《汴都赋》，曾经赞美过新法，所以周邦彦就被召回到朝廷来。这首词我以为很可能是他被召回去的路上所写的一首词。怎见得？他说："清江东注，画舸西流。"江水总是东流的，"人生长恨水长东"，"一江春水向东流"，可是我坐的船，是"画舸西流"。船上画有花卉，所以叫画舸。西流，向西走。我向哪里去？西方在哪里？"指长安日下。"我的船指的方向，是长安。当时北宋的首都不在长安，可是自从汉唐两个盛世都是建都在长安，所以长安就成了我们中国诗词里边的一个 cultural code，一个语码，长安借指首都。而且长安是"日下"，你可以说我的船是向西走，太阳已西斜，所以是"日下"。而它同样也是语码，"日下"代表首都所在。天子如同日正中天，像一个太阳，首都就在太阳照射的底下，在天子脚下，所以是日下。有位清朝人写书叫《日下旧闻》，指他在首都做官时听到的话，"日下"，即指首都。因此我现在要去的方向就是首都的方向。首都方向何尝不好？可是这里面他有托意，因为他弄了各种各样的语码，尤其是后面："愁宴阑、风翻旗尾，潮溅乌纱。"我坐在船上要到首都去，可我还没有到"长安"，我就先发愁，我设想，等我们酒席吃完的时候，实际他并没有在船上吃酒席，有很多注解的人说周邦彦在船上有个酒席。其实没有，完全没有这个酒席。你看他最后两句，"沉恨处，时时自剔灯花"，没有酒席，只是他一个人。那么

"宴"指什么？喻指朝廷当权者的盛宴。一个新的朝廷成立了，一个人上台了，马上就要安排一批新的朝廷中的人物。例如布什出任美国总统，要重新组阁，就要安排一些新的他的内阁的人物。"宴"即指那些庆功的人、那些正在得意的人。可是天下没有不散的筵席，有聚就一定有散，有盛就一定有衰。所以我就预先发愁，现在你们将要去吃酒都很高兴，可是酒吃完的时候呢？"宴阑"，就"风翻旗尾，潮溅乌纱"。一阵风来，把大旗吹倒了。"旗"代表什么？旗是一个标志，一个党派、一个政党的标志。当时朝廷局势是新党的人上来，旧党的人走了，旧党人上来，新党人走了。现在你新党又上台了，将来有一天安知你这一党派不再倒下去吗？我就预先发愁，等到有一天你们新党失势的时候，"风翻旗尾"，政海风波会把你们作为标志的旗子给吹倒了；"潮溅乌纱"，宦海波澜的潮水就打湿了你的乌纱。"乌纱"代表什么？"乌纱"代表官帽啊！所以这首词里边处处都是语码，尤其后半首，"长安日下""风翻旗尾，潮溅乌纱"，这里边完全是语码。

所以我以为这首词应该是周邦彦在哲宗当权、新党回朝时被召回途中所写的。"今宵正对初弦月，傍水驿、深舣蒹葭。"初弦月，像弓弦一样弯弯的新月。今天晚上，天上一弯新月。水驿是水边的驿站，水边的码头。我的船靠近了水边的码头，就深深地舣、停船在一片蒹葭芦苇丛中。"傍水驿、深舣蒹葭"，是"沉恨处"，所以你想如果他现在是在酒宴之上，像有些人所说的，果真是有酒宴，但他此时怎么会停船在水驿蒹葭丛中，并忧恨不已呢。"沉恨处，时时自剔灯花"：我回去后应该怎么样呢？在政海的波澜之中我回去后会遇到什么样的下场呢？我在沉思，带着如此多的幽恨，“时时自剔灯花”。夜已经很深了，点着灯捻的油灯，一下一下地燃烧，露出的灯捻烧得快没有的时候就爆出灯花来，得把它挑高一点。剔，把灯芯挑高一点。“时时自剔”，把灯芯剔高一点，再剔高一点，可见时间已经很长久了。

而看了此词后半首，“长安日下”，“风翻旗尾，潮溅乌纱”，“沉恨处，时时自剔灯花”，我们知道了他的隐含的意思，现在再回来看前边，那写景色的地方就非常妙了。“晴岚低楚甸，暖回雁翼，阵势起平沙”，你就会明白，这喻示着一群人起来了。把一些新党的人都叫回去，那真是“阵势起平沙”。这些得意的新贵，新的官吏，新的高官的人，“涂香晕色，盛粉饰、争作妍华”。每一个人都春风得意，以为这一次回去又可以飞黄腾达起来了。可是你可知道，那“千万丝、陌头杨柳”，是“渐渐可藏鸦”。很多危险，很多黑暗，很多罪恶，就在这个中间已经慢慢地酝酿出来了。祸兮福所倚，福兮祸所伏。这就是周邦彦的词，他不是直接地写心中的感慨，他都是暗中隐藏着，慢慢地描摹，慢慢地勾勒。因此你要细心去体会，才能体会到他《兰陵王》的“年去岁来”，“曾见几番”，才能体会到这首词不但“长安日下”是语码，那“阵势”的“起平沙”，那“涂香晕色”的“粉饰”，那柳树的“藏鸦”，都有他暗中的寓意。这是周邦彦词的一个特色。

不只如此了，我今天还要讲周邦彦的一首词，周邦彦其实除了政治的悲慨的词以外，他还写了一些表达离别感情的小词，现在我给大家讲一首周邦彦的《解连环》。

怨怀无托。嗟情人断绝，信音辽邈。纵妙手、能解连环，似风散雨收，雾轻云薄。燕子楼空，暗尘锁、一床弦索。想移根换叶。尽是旧时，手种红药。　　汀洲渐生杜若。料舟依岸曲，人在天角。漫记得、当日音书，把闲语闲言，待总烧却。水驿春回，望寄我、江南梅萼。拚今生，对花对酒，为伊落泪。

这是他很有名的一首词，离别的感情写得非常好。“怨怀无托”，押入声韵。“嗟情人断绝，信音辽邈”，“邈”是入声字，平常念作“渺”，在这里押韵念作“末”。“拚”字在这里念仄声，念“判”。这首词没有什么寄托，纯然是写离别的感情，而且是以男子的口吻，怀念他所爱的一个女子。“怨怀无托”，真是写得很好，满腔的离情别恨，没有什么可以寄托之处。“情人断绝，信音辽邈”，那个有情人，我所爱的人，她跟我断绝了，而且断绝以后连一封信都没有。“纵妙手、能解连环”，这是一个典故，事见《战国策》：齐国有一个王后既聪明又能干。秦国给了齐国一个玉环，一块整玉雕刻的连环，说：听说你们齐国的人很聪明，谁能够把我这个玉连环给解开？齐国王后说，拿个锤子来。用锤子一砸，玉连环碎了。然后对秦使说：我已经给你解开了。这说明齐王后之聪明，之果断，之勇敢。因为连环本来是解不开的。在此他说这个女子果然实在是个妙手，能够把解不开的连环都解开了。当年我们指天誓日，海誓山盟，永不背弃，谁想到她一去以后，连个信都没有了。她解开连环了，解开以后怎么样呢？“似风散雨收，雾轻云薄。”真是像一阵风吹过了，像一阵雨下停了，像烟雾一样地散失了，这女子就像风散雨收，雾轻云薄，把那些旧事旧情都忘却了。可那女子在这里住过，她住的地方还在，“燕子楼空”，燕子楼是古代关盼盼住的燕子楼，代表一个美人住的地方。楼已空了，美人已走了。“暗尘锁、一床弦索”，床上有她当年弹的琵琶和弦索，现在她不弹了，她走了，琵琶、琴、瑟都遮满了尘土。“想移根换叶。尽是旧时，手种红药”，不但是房子里“暗尘锁、一床弦索”，房子外边红色的芍药花又开了。“想移根换叶”，芍药花的根在里边滋生，今年这里有一棵芍药长出来了，明年它滋生在旁边，又一棵芍药长出来了。这些都是那个女子当年亲手种下的这么美丽的红色的芍药花。可是她现在走了，只有芍药花每年还长出新的枝叶来。春天来了，“汀州渐生杜若”，在水边沙洲上，杜若又长起来了。那个女孩子在哪里？“料舟依岸曲，人在天角。”因为这个女孩子没有信来，我只能猜想，那个女孩子的船已走得很远很远，在一个岸一个岸边地、这么曲折地走得很远，已在天边了。“漫记得、当日音书”，“漫”，徒然，他说我徒然还记得，当年她给我写的信。虽然现在已经是信音辽邈，但当年还有过信呢。“当日音书，把闲语闲言”，你要知道，两人恋爱的时候说的那些话，等有一天你清醒了，看起来都是无聊的话。“把闲语闲言，待总烧却”，你清醒时，一把火，统统把它烧掉。原来说的是现在，这闲情抛掷，我把它都要烧掉了。可是“水驿春回，望寄我、江南梅萼”。春天又来了，你坐的那个船，如果走在水边，水边也有那船的码头，码头也有人到这里来，水驿春回的时候，你会折一枝江南的梅花寄给我吗？古人说“江南何所有，聊赠一枝春”。当然这女子现在还没有寄梅萼来，他只是希望，我盼望你能够寄给我一枝梅花。“拚今生”，我就拚定我今生今世；“对花对酒，为伊泪落”，每当花开的时候，每当有酒的时候，我就对花对酒为她流下泪来了。这是写得非常缠绵悱恻的一首离别的小词。

可是有一次我跟我们同学谈起来了，我说周邦彦跟苏东坡两个人，同样是经历了北宋的新旧党争，但苏东坡跟周邦彦有很大的不同。你看他们年轻的时候，苏东坡是上神宗皇帝万言书，讲的都是国家的兴亡大计。周邦彦上的是什么？《汴都赋》。是赞美新朝怎么样好。而苏东坡每次再回到朝里去，他从来不计自身安危，只要朝政有得失，仍然很忠直地提出他的忠告。可是周邦彦呢，我们刚才看他所写的那些个小词，而且也看了他的生平，宋人说他少年的时候才华显露，献《汴都赋》，因此从太学生变成太学正，等他后来由贬所再回到朝廷，就“人望之如木鸡”，什么话都不肯说了。所以我认为两个人的立身处世截然不同，苏东坡是不计个人的安危，比如苏东坡从御史台的监狱，放出来到了黄州，朋友安慰他，他给朋友写信说，我们读圣贤书，学了圣贤的道理，我们是忠义贯心肝，道理在肺腑，直须谈笑死生之际，这是苏东坡：我死生之际，我都不怕，直须谈笑死生之间。可是周邦彦呢？从此以后就不肯再说什么话了，这是什么？明哲保身，正是我们社会的一般的所谓“乡愿”。你明哲保身，你少说话，只要保全自己。这我也不是说保全自己就不对，但跟苏东坡对比起来，这是两个人截然不同的地方。而苏东坡与辛弃疾，我们所看他们的词，他们真是有他们的胸襟、他们的志意，你看他们所表现的不只是一个才学，不只是一个文字的雕琢、修饰，所以这个是不同的。而周邦彦，我从开头一直都不肯说他这样的话，因为开头我们都是讲他的好话。那最后呢，我们来看一看前人对周邦彦的一些简单的评述的话。

最早评到周邦彦的词的是南宋的张炎，张炎在《词源》里说，美成（周邦彦）词只当看它浑成处。要看它前后贯穿，没有支离破碎的浑成。于软媚中有气魄，你看他慢慢地写，写什么杨柳了，写什么蔷薇了，还有写什么的，但是他里边是有气魄的。“采唐诗融化如自己者”，他用了很多唐诗上的词句，乃其所长。“惜乎”，但是可惜，意趣却不高远，他没有一种高远的志意。还有人说了，刘熙载《艺概》说周美成词，“或称其无美不备。余谓论词莫先于品，美成词信富艳精工，只是当不得个‘贞’字”。那也有人说了，你看他写那些《解连环》，他对于那个美女这么忠心耿耿的，今生对花对酒都为伊泪落，也很感动人，当然是好的。可是我常常说人要有一个持守，你要殉身给什么东西。司马迁在《伯夷列传》中说的：“贪夫徇财，烈士徇名，夸者死权，众庶冯生。” 贪夫殉财，贪财的人，他也殉身，他为了爱他的钱财而殉身；烈士是殉名，要有一个烈士的名声而殉身；夸者，是争权夺利的人，夸者死权；众庶冯生。你都可以献身，你都可以有一个专一的感情。你为什么而献身的？你要看到杜甫、辛弃疾，他们是为什么而献身的。因为世上也有为理想而献身的人。我们还可以举个例证，我们举“贪夫徇财，烈士徇名”，当然你为一个美女而奉献这也是很难得的。但是周邦彦的词，跟有些人的词还不同。韦庄也写了一首美女的词，说：“春日游。杏花吹满头。陌上谁家年少，足风流，妾拟将身嫁与，一生休。”也是为爱情殉身了，这个中间给人的感动还是有一点差别。因为韦庄所写的是精神，说我是“妾拟将身嫁与，一生休”，是我整个的生命的奉献，是一种精神。它超越了男女，超越了现实。可是周邦彦所写的《解连环》，他是很现实地落到男女的感情上，我们承认这是一首好词，我只是说其中有所不同。殉身都是好的，你为一个理想而殉身，但你是贪夫之殉财，还是烈士之殉名？我这个比喻得不太好，因为贪夫殉财，很多贪赃枉法的人，现在被人揭发以后，被治罪了关在监狱或者被枪毙了，虽然他也殉了，但他有什么价值呢？是不是？当然我们也还说，孟子也说过，伯夷是“圣之清者”也，伊尹是“圣之任者”也，孔子是“圣之时者”也。这就比那贪夫殉财，烈士殉名的高了一个等级。他是有一种理念，一个理想，一个志意在那里，不是只为了情欲。只为情欲而殉身的不是理想，与为了理想而殉身的，这个高下是一定有分别的。但是你选择的是哪个理想？孟子举出来，是伯夷“圣之清者”也。什么叫圣？你能够殉身，能够持守，能够不改变，你在品德上就是圣。但是你所持守住的是什么圣？伯夷是“圣之清者”，尽管他周武王比商纣王的政治好得多，但是臣子是不能够背弃君主的，纣尽管是个无道之君、暴君，那武王一个臣子去把国君杀死，他就是一个暴臣。伯夷说“以暴易暴兮，不知其非矣”。他只是持守住这一点，他不管你对人民老百姓是什么。可是伊尹就不然了，伊尹是“圣之任者”也，他“五就汤”，“五就桀”，五次到成汤那里去，五次也到夏桀那里去。如果夏桀能够用我，我一样愿意为他服务，愿意为他来治理国家的。如果是商汤用我，我也可以为商汤服务。看谁能够用我，什么地方能够实现我的理想，我不是以夏国的夏桀和商国的成汤来辨别。可是孔子呢？是“圣之时者”也，是可以仕则仕，可以止则止。应该怎么样就怎么样做。持守是好的，殉身也是好的，但是你为什么而殉身呢？这是我认为在北宋的新旧党争之中的两个词人苏东坡与周邦彦之不同。而周邦彦的词写的虽然是“愈钩勒愈浑厚”，他的章法、他的辞藻、他的勾勒，都有过人之处，但是他没有一个超越、高远的气象在那里。

好了，我们今天就简单地介绍了周邦彦，他在艺术上的成就，他对于宋词发展的影响。周邦彦是影响南宋的词人非常大的一个作者，在中国词史上是一个转变风气的词人，我说“结北开南是此人”，把北宋的词结束了，开出了南宋的一派的作法。可是我们不得不承认，如果跟苏东坡、辛弃疾比起来，他的意趣不够高远，虽然艺术是很高的，可是他的气象不是很高，我们就把周邦彦截止在这里。

可延涛 整理

第三讲

同样是偏重理性安排的赋化之词，吴文英却不同于一般那些雕章琢句的南宋作者，他的词里边有时候会有一份很深厚的兴发感动的力量，因而能产生一种比较高远的意境。

我们应该注意到，词的发展有一个很奇怪的现象，就是早期一些出名的词人，很多都有很高的地位，比如说韦庄，韦庄是在前蜀做到宰相的地位的；冯延巳，冯延巳是在南唐做到宰相的地位的；北宋初期的晏殊也是做到宰相的地位的，欧阳修也是在仕宦方面曾经做到过很高的地位。可是从周邦彦以下，例如吴文英，还有后来的王沂孙，都是默默无闻的。周邦彦还是做了官，虽然官级不太高；可是吴文英是布衣终身，没有什么正式的官职。只是后来研究的人，看到吴文英的词里边，有很多是在苏州的时候写的，与苏州的仓台幕僚，也就是那些管漕运的官员，有过唱酬往来，所以有人就以为，说是吴文英 30 岁的时候，可能曾经做过苏州仓台的幕僚。当然这不是一个正式的官职，只是给那里当地的官员做一些文书上的事情。那另一个词人王沂孙也是，历史上没有他的任何传记，只有他的几十首词传下来。所以这些人都是“才秀而人微”，就是说他们的才华很秀发，而他们的平生经历则是非常卑微。

那么对于这些人，不但是有这样一个特色值得注意，而且这些“才秀而人微”的人，还都在他们生平的行为上留下了一些被后人认为是污点的记录。我们说苏东坡虽然是平生仕宦不得意，屡次被迁贬，辗转各地，晚年一直到海南，可是苏东坡人品的光明俊伟，是被世人所公认的，不但为我们后人所公认，就是当时的人也是如此公认的。我现在讲的赋化之词的作者，我选了三个人，就是周邦彦、吴文英，还有王沂孙，这三个人就统统都是有污点的。我上次讲周邦彦，只是讲了他艺术上的特色，说他工于铺陈描写，他的勾勒，“愈钩勒愈浑厚”，说他注重音节的平仄四声，他作三犯、四犯的曲子，那都是他艺术上的成就。至于他的生平，根据一般人的考证，还不只是像我所说的，在新旧党争之中，苏东坡所关怀的是朝廷，是老百姓的生活，而周邦彦所关心的是他自己的得失利害。我们所讲的周邦彦那几首词，都是好词。他的《兰陵王》，他的《渡江云》，他的《解连环》，都是很好的词。但是你可以看到，他心心念念所想到的是他自己的得失安危，就是《解连环》也是写自己的一份男女的感情，而且他平生交游也不是只有这一个女子，有很多歌妓都跟他有过往来，他写过很多给歌妓的词，而且他既有这典雅的词，还有非常浅俗的词。除去我所说的他艺术上的成就以外，他还有一个污点，就是他曾经跟北宋最有名的、历史上号称为奸臣的蔡京有过往来。他写过送蔡京的一首祝寿的诗，他同时还跟蔡京手下一个叫作刘丙的，也是历史上被认为是非常奸邪的小人，有过比较亲近的往来。

不只是周邦彦留下了品行上的这样一个污点，吴文英同样在品行上有一个污点。当时南宋末期一个最有名的宰相，就是贾似道，吴文英的词里边有四首给贾似道祝寿的词。所以周邦彦有给蔡京祝寿的诗，而吴文英有给贾似道祝寿的词。我们上次也曾经讲过，说一个人的作品的高低，艺术的成就是一件事情，他的品格、他的志意、他的襟怀、他的理想，那是另外一方面的衡量标准。我上次也曾经举了一个例证，一个人追求一个什么东西？你执着地去追求的，是男女的爱情，还是名位利禄？《史记》上司马迁说了，“贪夫殉财，烈士殉名，夸者死权”，我们一般老百姓就只求一个安定舒适的生活，这是一般人为自己的欲望、为自己的生存而追求的。《孟子》上也说了，伯夷是“圣之清者也”，伊尹是“圣之任者也”，柳下惠是“圣之和者也”，孟子所说的这种圣之清、圣之任、圣之和的追求，与那个“贪夫殉财，烈士殉名，夸者死权”的追求是不一样的，那“贪夫殉财，夸者死权”的，不管是得失的物质的利益，还是私人的感情的追求，都是自己私人的利欲。至于说伯夷所追求的“圣之清者”，伊尹的“圣之任者”，柳下惠的“圣之和者”，那已经是一种理念。我常常说理念的追求与情欲的追求是两个不同的层次，伯夷的“圣之清”，就算他也许过分了，他最后饿死在首阳山上了，但是他追求的是一个理念，是一个理想，是一个志意，是一个持守。所以孟子所说的“圣之清”“圣之任”“圣之和”，与司马迁所说的那“贪夫殉财，烈士殉名”，是不属于同一个层次的。周邦彦的词精工绝艳，所以王国维赞美说他的词“音节和婉”“辘轳交往”，念起来声音真是“美听”，就是他词的音节果然是美。但是王国维还说了一句话，在他的《清真先生遗事》里边，他说一些作品有“诗人之境界”，有“常人之境界”，有的境界是诗人的境界，有的境界是寻常人的境界：诗人的境界“惟诗人能感之而能写之”，诗人的高举远慕的那种追寻、那种向往、那种理念、那种志意、那种胸襟怀抱，这种境界只有诗人才能够真正地感受到，也只有真正的诗人才能够写出那样的作品来；而常人的境界是常人皆能感知，我们每一个人都能够有、能够感受到这样的一种情思。可是我们不是每一个人都是诗人，常人能感之，而不能写之，我们有种种的悲欢离合的感情，就是常人的感情，但是我们不会写出来，而唯诗人能写之，就是只有诗人把它写出来了。王国维说周邦彦所写的就是第二种的境界，不是属于诗人的境界，诗人的境界是唯有诗人才能写出来的，像屈灵均，像陶渊明这些人。而周邦彦所写的，不管我们所讲的他的《兰陵王》，他的《渡江云》，他的《解连环》，不管是对于朝廷的这个得失利害的思量考虑，不管是对女子的爱情的得失的思量考虑，都是常人的境界。

那吴文英也同样是品行上有污点的，他是写了四首送给贾似道的词。而王沂孙呢，人家说他是南宋灭亡以后，在元朝出来做了官了，而在历史上认为这是一个污点，就是说你自己的朝廷灭亡了，你不能够替你自己的朝廷持守你忠贞的志节，反而侍奉了敌国，侍奉了异族。所以一般人批评议论的时候，常常说王沂孙有这样的缺点。可是每个人依然是不同的，因为我们人都是软弱的。孔子说过，“躬自厚，而薄责于人”。“躬”是我自己，我自己对于我自己要“厚”，这个不是说我要厚待自己，我要享受得比谁都好，不是这个意思。他这个“厚”字是接在下边的，“躬自厚，而薄责于人”，“责”是责求、要求，就是说你对于自己的要求要严格，而对于别人要薄责，因为每个人都是软弱的，要原谅他。所以历史上很多人为了生存，或者为了生活，而在那种复杂的政治环境之中，不得已而留下了污点。就连这个阮嗣宗，就是写《咏怀诗》的阮籍，他曾经为司马氏要篡位的时候写了劝进的表文，他为什么要写这篇劝进的表文呢？人家说阮籍的《咏怀诗》也是“忧生念乱”，有“忧生之嗟”，你要活下去，可是你怎么活下去？所以不得已，我们对于这样的人应该同情。贾似道是一个有权的宰相，他要做寿的时候，天下人都给他献词，吴文英是以词出名的，他敢不献那几首寿词吗？那是不得已，那是为了生存而不得已。而一般的文人除了求生存的本能以外，还有一个弱点，就是文人往往不甘寂寞，喜欢显露自己的才华。我的词笔好，我能够写词，我就要到处显、张扬，让人家看到我的才华。所以不甘于寂寞，这是人性的弱点。但是虽然有这样的弱点，我们还是可以看出来，在这不得已的情况之下，每个人所表现的还是不同的。

在讲吴文英以前，我们也先看一看前人对吴文英（号梦窗）的评语。周济在《宋四家词选·目录序论》里说梦窗“立意高，取径远，皆非余子所及”，就是说吴文英的词里边有非常高远的意境，不是南宋那些雕章琢句的人能够赶得上的。吴文英词也是属于赋化的词，赋化的词注重勾勒，注重描写，注重词句的雕饰安排，是用思力为词。我说诗人的词，是以这个感发，就是内心的一种兴发感动来写的。苏东坡说“有情风万里卷潮来，无情送潮归”“谁似东坡老，白首忘机”，他内心有自己的一种兴发感动，是直接写出来的。而像歌辞之词里边的李后主，“林花谢了春红”，那也是自己生命之中有一种兴发感动；辛弃疾的“举头西北浮云”，也是自己内心的兴发感动。而赋家之词，刚刚读的时候，你觉得它不能给你一个当下的感动，这是有很多人不喜欢这种赋化之词的原因，因为它不给人直接的感动。可是在这些赋化之词的作者里边，吴文英能够偶尔忽然间跳出来，给你非常强大的感动，所以“立意高，取径远，皆非余子所及”，不是那一般的赋化之词的作者所能赶得上的。周济又说，梦窗“奇思壮采，腾天潜渊，返南宋之清泚，为北宋之秾挚”（《宋四家词选·目录序论》），他说吴文英的词，真是“奇思壮采”，我这空口说那“奇思壮采”四个字就是空话，怎见得他的“奇思”？怎见得他的“壮采”？等一下要用吴文英自己的词来证明。吴文英的词“奇思壮采，腾天潜渊”，飞起来飞到高天之上，沉下去沉到九渊之下；“返南宋之清泚”，他把南宋词的清泚——清泚就是说水清无鱼，找不到深刻的东西，找不到真正的那种兴发感动的生命在里边，没有一个活的鱼在里边，这是“清泚”——他说吴文英是把南宋词的这种缺点挽回了；“为北宋之秾挚”，他的词里边偶然有北宋词的那一份深厚的兴发感动的生命的力量存在其中。我们说了，梦窗这个人生平是很简单的，不像辛弃疾，用他的生命来写词，用他的生活来实践他的词，所以我们要讲很多他的生平，而吴文英的生平本来就很简单，没有什么可以仔细介绍的，所以我们现在就直接看他的一首词，《齐天乐·与冯深居登禹陵》：

> 三千年事残鸦外，无言倦凭秋树。逝水移川，高陵变谷，那识当时神禹。幽云怪雨，翠萍湿空梁，夜深飞去。雁起青天，数行书似旧藏处。　　寂寥西窗久坐，故人悭会遇，同剪灯语。积藓残碑，零圭断壁，重拂人间尘土。霜红罢舞。漫山色青青，雾朝烟暮。岸锁春船，画旗喧赛鼓。

这首词有一个题目，说他跟他一个朋友叫作冯深居的一起登到禹陵，“禹陵”就是夏禹的坟墓，在绍兴有一个禹庙，禹庙的旁边就是禹陵。那冯深居是何许人也？冯深居这个人《宋史》上有他的传记，他的名字叫作冯去非，“深居”是他的号。冯深居是江西人，在南宋理宗淳祐元年（1241）的时候，曾经做过淮东转运司，转运司就是负责粮食的漕运。刚才我们说了，在吴文英的词里边考证出来，他 30 岁左右曾经与苏州的仓台的幕僚有过交往，所以他跟那些转漕仓运的人有相当的认识，而冯去非就是在理宗淳祐的时候做过淮东转运司。到了理宗宝祐元年（1253）的时候，冯去非就做了“宗学谕”，“宗学”是国立的一个学校，他做了里边的一个教师。可是在他做宗学谕的时候，当时就有另外一个大臣，名字叫丁大全，这个丁大全当时被朝廷任命做左谏议大夫，是朝廷的一个谏官，就好像监察的这样的一个官职。而丁大全这个人做官的名声是很不好的，人家认为他是一个奸邪的小人，《宋史》上批评丁大全，说他是谄事内侍，内侍就是朝廷的宦官，说他为了自己的权位，就巴结讨好宦官；而且是贪纵淫恶，做了很多恶劣的事情，而现在朝廷居然要任命这样的一个人做左谏议大夫。一般年轻的人、年轻的学生都是比较纯洁、比较正直的，认为这样一个贪纵淫恶的人，国家怎么能够用他做谏议大夫呢？所以这些年轻学生就去请愿，而朝廷当然就镇压，所以朝廷就下了一道命令，而且立了一个石碑，写上禁止学生做这样的事情。那当时这个冯去非是宗学谕，他是学校里边的老师，所以就叫他签名。就是朝廷要镇压这些学生，叫冯去非去签名，冯去非当时就拒绝了，他坚持不肯在这个镇压的文件上签名。而他一个小小的教师，又能够有什么样的政治力量？不久以后丁大全不但做了谏议大夫，而且签署枢密院事，这是更高更重要的职位，可以掌管枢密院的事务，冯去非批评了朝政，也就被免官了。免官以后，他就说我要回我的老家，他说“今归吾庐山，不复仕矣”，他是江西人，他说我要回到庐山去，再也不出来做官了。所以吴文英跟这个冯去非有很好的友谊，在他的词集里边还写过另外的赠冯去非的词，那我们来不及看很多，今天就只看这一首词。

刚才我们已经说了，吴文英虽然操行品格上也留下了污点，但是他有时候真是有那个意境非常高远的一面，所以有人赞美他，说他“腾天潜渊”。你看他开头这几句：“三千年事残鸦外，无言倦凭秋树。逝水移川，高陵变谷，那识当时神禹。幽云怪雨，翠蓱湿空梁，夜深飞去。雁起青天，数行书似旧藏处。”我们常常说“语境”，就是语言的环境，这个在西方的语言学还有文学批评上是非常重要的，就是你是在什么样的一个语言环境下写下的这一篇作品？所以我在讲五代的冯正中，还有中主词的时候，我说他们是“双重的语境”。现在你知道跟他一起登禹陵的是冯深居，登临的地方是夏禹王的坟墓。“三千年事残鸦外”，正是这个今古盛衰的登临的悲慨，如果是以夏禹王的年代，算到南宋末年的时候，就是恰好三千多年的时间。而且你知道，他们是理宗时代的人，距离南宋灭亡的年代是很短的，所以当时的南宋，那种危乱之象已经呈现出来了。而冯深居是一个正直的人，所以当他登临禹陵的时候，这个语言的环境，“三千年事残鸦外”，我们今古有多少盛衰？三千年的往事，都消失了，向哪里消失了？在残鸦之外。杜牧之有一首《登乐游原》的诗说：“长空澹澹孤鸟没，万古销沉向此中。”你登在高处，禹陵是在一个高处，你登在高处向远方一望，杜牧之说的，“长空澹澹孤鸟没”：你看那遥远的天空一只鸟飞到天的尽头；“万古销沉向此中”：所有的历史、所有的盛衰、所有的兴亡都沉没下去了。欧阳修的一首小词，说：“平芜尽处是春山，行人更在春山外。”这个平原的青草尽头之处有一片青山，而我所怀念的那个人更在青山之外。“长空澹澹孤鸟没”，而万古的销沉更在那飞鸟之外，“三千年事残鸦外”，这里边有三千年的盛衰兴亡。“无言倦凭秋树”，他们是登禹陵，登禹陵要从山下爬上来，当然身体上有一种疲倦的感觉。同时南宋末期这个国家危亡的种种现象，像这个冯去非曾经有心跟那些奸臣作过斗争，但是他斗争不过；而吴文英是根本就不肯混在那个官场之中，所以他是以布衣终，未尝一试，因为他们认为当时的国家、当时的朝廷、当时的政治败坏，你如果卷进去，就白白把自己弄得污秽了、牺牲了，做不出什么事业，事无可为，再没有可以挽回的地方了，所以有什么话可说？那真的是无话可说。“无言倦凭秋树”，那么多往事、那么多盛衰都消失了，我们现在有什么话可说？无可奈何。所以无言而“倦凭”在那里，而倦凭的是“秋树”，是一棵秋天的树，宋玉说“悲哉！秋之为气也，萧瑟兮草木摇落而变衰”。我常常说，你看人家陶渊明写的那个《归去来兮辞》，说“抚孤松而盘桓”，我跟那棵虽然是孤独但是挺拔直立的松树盘桓。你看那牵牛花能够一直站起来吗？它不能，只有松树，我就是一棵松树我也站得笔直，所以陶渊明说我“抚孤松而盘桓”，我是跟那个直立的、挺拔的、不会折断的、可以耐寒的、冬天经冰雪而不凋落的松树盘桓。而现在吴文英说的是什么？“无言倦凭”的是“秋树”，是“萧瑟兮草木摇落而变衰”的秋天的树。“逝水移川，高陵变谷，那识当时神禹”，自从夏禹王到现在，真是“逝水移川”，你说黄河改了多少次道了？真是“逝水”。夏禹王当时以为天下的唯一的灾祸就是洪水，他以为只要洪水的大患被我治理好了，从此我们天下老百姓就得到安乐了。辛稼轩说这是“鱼自入深渊，人自居平土”，可是谁想到，洪水平了以后，人间的灾祸还是如此之层出而不穷呢？“逝水移川”，几千年过去了，那夏禹王治理的水道也经过多少次改变了，“高陵变谷”，《诗经》上说“高岸为谷，深谷为陵”，那个高山现在陷下去了，就变成深谷了，深谷反而凸起来了，就变成山陵了。所以人世之间经历了几千年的历史兴亡，“那识当时神禹”，我们从哪里再把当时的夏禹王找回来？传说夏禹王治水，为了人民的安乐，三过家门而不入，还说“人溺己溺”，如果有一个人淹死了，是因为我治洪水没有治理好，是我使他溺死的。什么人有这样的责任？什么人有这样的功业？所以辛弃疾说：“悠悠万世功，矻矻当年苦。鱼自入深渊，人自居平土。　　红日又西沉，白浪长东去。不是望金山，我自思量禹。”我们现在还有像夏禹王那样的人吗？有那样的功业、有那样的抱负、有那样的志意的人吗？“那识当时神禹”，那现在留下来的是什么？留下来就是一个禹庙，留下来的就是禹庙旁边的禹王的一个坟墓禹陵。那禹庙跟禹陵上有什么？“幽云怪雨，翠蓱湿空梁，夜深飞去。”这吴文英的词真的是“腾天潜渊”，写得如此之幽怪，写云就是云好了，写雨就是雨就好了，为什么是“幽云怪雨”呢？为什么不是和风细雨呢？“幽云怪雨”，因为他要写一段神话的传说。这有什么神话传说呢？夏禹王的陵墓是在会稽，据《嘉泰会稽志》（“嘉泰”是南宋的一个年号）记载，就是在嘉泰年间的会稽方志记载说，当他们要给夏禹王盖这座庙的时候，忽然间有一夜大风雨，水冲下来一根大木，所以他们就用这个非常粗大的一根树木做了屋梁。还有《大明一统志》的绍兴志，《绍兴府志》里边也记载着，说这个梁当时他们叫作“梅梁”，可是什么是梅梁？《尔雅·释木》上说，就是古人所说的“梅”是通“楠”，所以“梅”就是楠木，楠木是高大而又坚实的。所以传说当时洪水冲下来一根很粗大的楠木，就是这个梅梁，人们就用这个梅梁做了禹庙的屋梁，所以是“幽云怪雨”。那什么是“翠蓱湿空梁”呢？这个当时很多人都不懂，所以像胡适之先生，还有胡云翼——

胡适编过词选，胡云翼也编过《宋词选》，所以他们两位胡先生，就说南宋这些个人，像吴文英，他们所写的都是谜语，都是不通，都是晦涩，什么叫“翠蓱湿空梁”？这是什么意思？而且这个“蓱”字这么稀奇古怪，是什么意思？这个“蓱”字本来通这个萍藻之“萍”，那么如果是水中的萍藻，又怎么会跑到那个梁上去了呢？所以人家说这个真是晦涩，真是不通，如同是一个谜语一样。而且如果说是水中的萍藻，跑到这个梁木上去了，那为什么不写普通我们都认得的那个萍藻之“萍”，而写了这么稀奇古怪的一个“蓱”字呢？这个“蓱”字除了通那个萍藻之“萍”以外，本来还见于《楚辞》的《天问》。《楚辞》里边有《天问》一篇，写天地之间的各种奇怪的现象，里边有一句说“蓱号起雨”，这个“蓱”根据王逸的注解，说这个蓱是“蓱翳”，蓱翳是雨师，是管下雨的神仙。你看现在你就知道，这是吴文英的修辞，也是人家所以说他不通的缘故。吴文英的词里边，就是他常常是有一个时空的错综，他把时间跟空间错综来写，一个是他的感性的修辞，他不是用理性来说，理性来说萍藻就是萍藻，他用感性，他把感觉跟思想、跟知识结合在一起了。蓱是萍藻之萍，可是这个梁，是风雨冲下来的一根梁，这还不说，关于这根梁木还另外有一个神话的传说，说后来有一个画家叫作张僧繇的，在这个梁上画了一条龙，这个梁木是被风雨冲下来的，张僧繇就在这个梁木上画了一条龙。《嘉泰会稽志》就说了，每当大风雨，这个梁上的那条龙，就是张僧繇画的龙就飞走了，等到第二天早晨，这龙又回到梁上了，而这梁上都是水藻，因为这个梁木上画的这条龙就飞到水中，跟那些别的龙在那里游水争斗，所以第二天早晨人家看见这个梁木上都是水藻，所以“翠蓱湿空梁”有这么一段神话的传说，而且是跟这个风雨结合在一起的。所以他说“翠蓱湿空梁，夜深飞去”，是什么缘故萍藻带着水湿湿地挂在梁上？是因为这个梁上的龙夜深就飞走了，“夜深飞去”，这个很多人都不懂，所以读到吴文英的这首词，不知道他说的是什么。而你要知道，虽然我读的时候第一个联想我就想翠蓱就是水中的萍藻，可是我如果没有根据，我不能够平白无故地就说水藻跑到梁上去了。你知道吧，在《大明一统志》的《绍兴志》上说到这个“梅梁”，在《四明图经》上说到南朝梁的张僧繇画了一条龙在上面，不同的地方志都有记载，可是没有说到有水藻跑上来，我不能随便这样说，你要知道词人他无一字无来历，他都是有根据的，不是随便这样说的。我虽然是联想到说这个蓱字通那个萍藻之萍，但是我不能够就说，说那就是因为有萍藻跑到梁上去了。我不能够平白这样说，你没有证明，你怎么平白这样说？我后来是查到了，南宋宁宗嘉泰年间的《会稽志》里边谈到，说梅梁：“夜或大雷雨，梁辄失去，比复归，水藻被其上，人以为神。”如果你没有见到这个记载，你就不能够空口这样说，这是诠释诗词应该遵守的、非常重要的一条规矩。你不能凭空地猜想，因为他们所写的都是有根据的，而这个典故，这个传说的故事一般人不知道，所以觉得它很奇怪。可是吴文英就是当地的人，他就是四明人，四明就是现在的宁波，所以他对于这个神话传说是很熟悉的。下面说“雁起青天，数行书似旧藏处”，秋天到了，北雁南飞，当他们登上禹陵的时候，看到有一行鸿雁就飞起在青天上，“雁起青天”，而雁呢都是排成一队的，我们昨天讲周邦彦的词，说“阵势起平沙”，雁是排了一个阵势，或者是“一”字，或者是“人”字，所以是雁字，好像雁在天上写了一个字。我的一首小词，还说“天外云鸿能作字”，天外云中的鸿雁，它也可以写出字来。“雁起青天，数行书似旧藏处”，这个雁写的字就引起了另外一个联想，让吴文英想到旧日的一个藏书的地方。因为就在禹陵附近有一个石匮山，也叫作宛委山，历史上记载了一个故事，说当时夏禹王治平洪水以后，就把书藏在这里了。这个石匮山还有一个传说，说这是夏禹王得书之处，说夏禹王从这个山里边找到了一些古代的书籍，当然那时候也没有纸，所以这个书籍是“金简玉字”——金属的金简，上面是用玉来镶刻的字，这都是神话。所以吴文英所用的都是当地的传说，“雁起青天，数行书似旧藏处”，夏禹王治平洪水，他的功业，他的那些记录，应该就藏在这个山里边，可是“那识当时神禹”，“逝水移川，高陵变谷”，眼见南宋的江河日下，却无可挽回。

上面这一段都是白天的登临，下半首，“寂寥西窗久坐，故人悭会遇，同剪灯语”，是写到回来了，白天登了禹陵，晚上回来了，回到西窗之下，“寂寥西窗久坐”。古人常常说“西窗”，而且还说到“剪烛”，这是李商隐的诗，“何当共剪西窗烛，却话巴山夜雨时”。吴文英跟他的朋友冯深居，两个人满心的悲慨，“寂寥西窗久坐，故人悭会遇”，我们是老朋友了，可是我们很少能够见面，我们很多年才见这一次面，我们今天就剪灯共话，“同剪灯语”。剪灯时候谈的是什么？是“积藓残碑，零圭断璧，重拂人间尘土”，我们就谈到今天白天的登临了，我们不但登上禹王的陵，看到禹王的坟墓，而且禹王陵的前面有一大块石头，叫作窆石，据说那是禹王下葬时候的一块石头，而那个石头上已经长满了苔藓。李白说了，“君不见晋朝羊公一片石，龟头剥落生莓苔”，所以“积藓残碑”，而且“零圭断璧”。什么是“零圭断璧”呢？相传就是在南宋高宗绍兴年间，有一天这个庙前忽然有光焰闪烁，那么当地人就在地下挖掘，就得到古代的圭璧。圭、璧都是玉器，上边有尖的叫作圭，圆的叫作璧。所以可能他们当时白天登禹陵的时候还在禹庙那里看到这些零圭断璧，石碑上长满了青苔，圭璧都已经破碎，都已经是“零圭断璧”，我们就“重拂人间尘土”。吴文英真是很妙，“尘土”当然是人间的尘土，但是他现在把“人间”跟“尘土”连在一起，是现实上的这圭璧上的尘土，可是同时也是我们人间的无限往事。我跟你是“故人悭会遇”，我们多少年不见了，我们要拂去当年的尘土，拂去我们中间积下来多年的尘土，所以“重拂人间尘土”，这是讲他登临禹庙回来的感慨，人世的沧桑，朋友的离别。忽然间他又跳出去了，再写景物，“霜红罢舞”，这个吴文英常常会跳起来说一句，现在不是“秋树”吗？秋树经霜了，当然都是红叶，“霜红”有一天是“罢舞”，现在还有红叶，红叶还在飞舞，有一天红叶都飘尽了，“霜红罢舞”，这就是无常的盛衰变化。而与“霜红罢舞”的无常对称的，是“漫山色青青，雾朝烟暮”。山是不改变的，山色青青，“雾朝烟暮”，白天的雾霭，晚上的烟云，而就在“山色青青，雾朝烟暮”之间，多少朝代过去了，多少时间消逝了。今年的霜红落尽了，明年呢？“岸锁春船，画旗喧赛鼓。”明年的春天，就在这个禹陵的山下，在那流水的旁边，到处都是春船。怎么忽然间跳到春天去了？本来说是“无言倦凭秋树”，本来说的是“霜红罢舞”，都是秋天，现在怎么出来一个春船？你要知道杜甫写《秋兴八首》，前面都写的是秋天，“巫山巫峡气萧森”，忽然间在第八首说“佳人拾翠春相问”，用一个“春”字的呼应，就是一个循环、一个整体。人世间的盛衰，是整体的循环的。现在是“霜红罢舞”，在秋天过去、在“山色青青，雾朝烟暮”的变幻之中，明年的春天就来了。“岸锁春船”，而到时在这禹陵前边的流水之中，有很多春船都停泊在岸边。为什么？根据《嘉泰会稽志》所说，相传每年的三月初五是夏禹王的生日，当地的老百姓要祭祀夏禹王，就举行赛会；老百姓一年节衣缩食，准备了一些钱，就是为了来参加春天的夏禹王生日的赛会。那个时候，“画旗喧赛鼓”，到处的游船上都是画旗招展，到处都是赛鼓的喧哗。可是你看这个吴文英又用了一个很奇怪的修辞的办法，他把喧哗的“喧”字，加在画旗跟赛鼓之间，赛鼓可以喧哗，画旗是不喧哗的，可是加上一个“喧”字，由画鼓的喧哗，想到旌旗的招展，这招展也给人一种喧哗的感觉，所以“岸锁春船，画旗喧赛鼓”。所以你可以看到吴文英的词，果然是有“腾天潜渊”的变化，而且他的修辞，也有很多奇妙的方法。所以一般人不容易了解他，但是其实吴文英的词是非常有特色的，就是刚才我们曾经讲到前人对他的评语，是“奇思壮采，腾天潜渊，返南宋之清泚，为北宋之秾挚”。好，我们今天就结束在这里。

汪梦川 整理

第四讲

经历了国破家亡的打击之后生活在异族统治下的王沂孙，只能以咏物的形式寄托对故国的哀思。他的词在湮没三百年后曾被清人所激赏，但奇怪的是：清人虽然推崇王沂孙词，但他们自己的咏物词却再也写不出王沂孙词中的那一份感发了。

因为时间的关系，所以我不敢多发挥也不敢多讲。但是我想还是有几句话我一定要谈到的，就是我所说的赋化的词，主要是指长调。因为长调在写的时候需要铺陈，我们上次讲过赋就是铺陈，它要长调，所以它要铺陈，要勾勒，要描绘。至于小令，其实变化不多，小令一直都是以直接的感发为好。

可是我们在讲这些长调的作者的时候，没有能够讲他们的小令。周邦彦有很好的小令，比如“楼上晴天碧四垂，楼前芳草接天涯”，吴文英也有很好的小令，我们还是应该把它补足。我选了两首吴文英的小令，一首是《唐多令·惜别》，还有一首是《玉楼春·和吴见山韵》。小令都是直接感发，不像长调雕琢修饰，用了很多典故。《唐多令》这首最容易懂：

> 何处合成愁？离人心上秋。纵芭蕉，不雨也飕飕。都道晚凉天气好，有明月、怕登楼。　年事梦中休，花空烟水流。燕辞归、客尚淹留。垂柳不萦裙带住，漫长是、系行舟。

这个很容易懂，不像吴文英那些长调的词，“幽云怪雨，翠蓱湿空梁”，大家都不懂，不知道他说的是什么。“何处合成愁”，第一个“何”是平声，第三个字“合”是入声。这首词很多人喜欢它，甚至于像胡适之先生、胡云翼先生，他们对这首词都特别地赞美，说吴文英的词，长调都像是诗谜，都是晦涩，都是不通，只有像《唐多令》这样的词，才是好词。可是真正的懂词的行家，像清代陈廷焯的《白雨斋词话》，就特别提出来说，“《唐多令》一篇，几于油腔滑调，在《梦窗集》中最属下乘”，认为这是吴文英词里边最不好的一篇。而且不只是陈廷焯有这样的评语，周之琦，也是清代的一个词学家，在他《十六家词录》里边也说了这么一句，“《唐多令》一阕，乃梦窗率笔”——是他随便地率意地写下来的词。可是以前有人喜欢他的词，不但是胡适之、胡云翼喜欢他这些个词，而且早期南宋的张炎就说这首词“疏快不质实”。因为吴文英的词给人非常密的感觉，每个字都是很复杂的，每个字都是很晦涩的。这个词写得清楚明白，给人疏快的感觉，张炎认为它是好。而那些个长调的词太质实了，太死板了，好像浓得化不开一样。可是这首词，真正以词来说，真的不是一首好词。我从一开始就说了，要有言外的意韵才是好词，要让人读了以后，言尽而意不尽，意尽而情不尽，要有这种意味的才是好词。不管是长调也不管是小令，小令里边就算是很直白的、很短的小令，像李后主的词“林花谢了春红，太匆匆，无奈朝来寒雨晚来风”，写得非常浅白，写得非常直率，但是他有非常深厚的情意和感发，让你去思索。所以像这样的“何处合成愁？离人心上秋”，没有余味，不是好词。可是这一首词，同样有值得注意的地方。第一个是什么？是拆字。“何处合成愁”，是什么地方聚集了这么多的忧愁？是“离人”的“心上秋”，是离别的人心上的那种秋天的萧瑟凄凉的感觉。而“心上秋”凑起来是什么字？“愁”字。“愁”是什么字？就是离别的人“心”上的一个“秋”字。“何处合成愁？离人心上秋”，这叫拆白道字。就是说把一个字分开，把它拼凑，这是一种技巧。值得我们注意的还有另外一点：按照《唐多令》这个词的牌调的格式，应该是五五，“何处合成愁？离人心上秋”；“纵芭蕉，不雨飕飕”，应该是七个字的句子，三、四停顿。这里多出了一个“也”字，“也”是衬字，是增衬上的一个字。这所以就值得注意了。这种拆白道字、拼字的办法，还有加一个“也”字的增衬的衬字的办法，是后来的元曲做法。元曲常常有增字，有衬字，而且讲究拆字。《西厢记》写红娘跟张生要幽会，红娘说：“着你跳东墙，女字边干。”你跳了东墙，“女”字边一个“干”字是什么？是“奸”字，这就是奸情的“奸”字。这是曲子里边的办法，拆白道字，增衬。我们可以看到在宋朝的末年，就已经有了这种拆白道字的增衬的方法了。这是我们读这首小令的一个缘故：一个是为了你的欣赏，不要以为写得很疏快的很容易懂的就是好词，在词里边这样的不一定是好词；还有就是说它的拆字，它的增字，已经开启了曲子的作风。

另外其实还有一首小令，我倒以为那是吴文英的一首好词，就是《玉楼春·和吴见山韵》。吴见山是何许人？既然是和他的韵，可见吴见山也是个词人了。吴见山写了一首《玉楼春》，用了这个韵，而现在吴文英和他一首词。可是我没有查到，吴见山是何许人，有过什么样的作品。《和吴见山韵》这首词我认为是一首好词，而且也是非常有特色的好词。吴文英这个人，很有开创，像他在叙写的时候的时空交错，他的修辞造句，在词里都非常奇特。我曾经讲过，吴文英词的特色一个是时空交错，一个是感性修辞。他的修辞不是用理性来修辞的，是用他直觉的感性去修辞。比如他说，窗外的风雨，伴窗内“嚼花灯冷”，这写得非常地妙，说外边是风雨，屋子里边一个人，点着一盏油灯。古代的油灯通常有一个像碗一样的油盏，油捻子在中间，碗一样的灯盏像一个人的嘴巴，这个灯的光焰一直在那里闪动，油捻子燃久了就结成了灯花，灯盏的口，就是碗口像一个嘴巴在那里嚼这个灯花。“嚼花灯冷”，他这种想象是很奇妙的，这是感性的修辞。还不只如此，他下面的这首小令，也很有特色，我们把它念一遍。

阑干独倚天涯客，心影暗凋风叶寂。千山秋入雨中青，一雁暮随云去急。　　霜花强弄春颜色，相吊年光浇大白。海烟沉处倒残霞，一杼鲛绡和泪织。

有时候吴文英他的想象跟感受真是非常妙的。吴文英，从来没有仕宦过，以布衣终身，偶然在官府之中做一点幕僚的工作，真是漂泊一生，“阑干独倚天涯客”。一个人倚在“阑干”旁边，天涯流浪的这样一个客子。因此“心影暗凋（是）风叶寂”，谁看到你心里边有影子。他写得真是很好，你心里面有多少往事，心里面有多少感情，就在你寂寞无言之中，这些往事都消逝了，就如同草木的凋落一样。“心影暗凋”，而外边正是风吹的木叶。“风叶”到“寂”，叶子已经落得差不多了，再也没有叶子那唰唰的响声了。我内心之中的我的感情、我的回忆，也如同风叶，都凋落了，再也回不来了。这是写心中之情。“千山秋入雨中青，一雁暮随云去急”，这是写外面之景。我们上次讲到周邦彦的“斜阳冉冉春无极”是融情入景。“千山秋入雨中青”，远远的一派青山，下过雨以后，那青色更显得如此之鲜明。“一雁暮随云去急”，有一只孤飞的鸿雁，在黄昏之中随着远空的浮云消失在天边了。我们的人生，一个心影暗凋的天涯客，他心中的感觉，“千山秋入雨中青”，如此之凄凉，如此之冷落；“一雁暮随云去急”，真是“万古销沉向此中”。可是他又说了，“霜花”还“强弄春颜色”，就是已经经霜的花马上就要零落了，它还要勉强地开出它最后一点美丽的颜色。以前我偶然提到过，说冯正中的词“梅落繁枝千万片，犹自多情、学雪随风转”，一棵梅花树，千万片的梅花都飘落了，你落就落下来好了，可是多情的梅花，它不愿意一下子落下来，它千片万片地飘飞，在零落到地上之前，还犹自多情，好像白雪一样随风飘转；陆游咏梅花的诗，“零落成泥碾作尘”，我还“只有香如故”。那点美丽，那点生命的最后一点宝贵的价值，它不甘心马上就失落，“相吊年光浇大白”，我与你吴见山“相吊年光”。年光者，即韶光，“还与韶光共憔悴，不堪看”。我们两个人多年不见，过去的往事，消逝的年华，我们今天见面了，喝一杯酒相吊年光，我们过去的日子却再也不会回来了，我们的少年也一去不复返了。柳永说的，“狎兴生疏，酒徒萧索，不似少年时”。所以我们只好饮酒来求得一醉了。这两句是写人的情事。然后再跳出去，“海烟沉处倒残霞”，在远海的烟霭冥蒙之中，快要消逝的那一点点的云霞，残霞的那种光影、那种颜色映在海水之中好像是倒在里边一样。而这个美丽的云霞之色，倒映在水中，像什么？“一杼鲛绡和泪织。”相传海中有鲛人，据说鲛人不仅可以泣泪成珠，而且还可以织出鲛绡，最薄最轻的一种，但不能说是丝织品，因为它不是蚕丝。“海烟沉处倒残霞”，你能说它是幻影吗？“天外云鸿能作字，水中霞影亦成文。”那是残霞倒映在水中，在落日西沉时残留下来的光彩织出来的海天之间的一片颜色。那一片颜色是什么？是“一杼鲛绡”，就如同是鲛人织出来的一匹薄薄的丝织品的彩色。怎样织的？“和泪织”。因为鲛人是会哭泣的，而且它流下来的眼泪都会变成珍珠，“沧海月明珠有泪”。所以吴文英的词，真是有他的好处，是“腾天潜渊，返南宋之清泚，为北宋之秾挚”。他的词有富于很强烈而且很深刻的感发的地方。

时间不够了，我们接下来还要讲南宋词人王沂孙的词。现在我只能简单地再念吴文英的一首词《八声甘州·陪庾幕诸公游灵岩》，让大家对他有一个感觉。吴文英曾经做过仓台的幕僚。“渺空烟四远，是何年、青天坠长星。幻苍崖云树，名娃金屋，残霸宫城”，开头这几句真是写得奇想天外，那是他跟着苏州的仓台的这些朋友经过灵岩山。我有一次在苏州旅游，我坐在车上，朋友们远远地指给我说，你看那边一片山，就是灵岩山。灵岩山四面都是平原，所以他说“渺空烟四远”，你远远看去，这个旷野荒郊，一片烟霭迷茫，如此之遥远。可是中间有这么一片山，“是何年、青天坠长星”？怎么忽然间有这么一片山，是哪一年天上的一颗陨星的石头落在这里，化出这座山的？有了陨石就有了山，有了山就有什么？“幻”，变出来。幻出来什么？“苍崖云树”，就有这青翠的山崖，白云绿树。还幻出什么？除了大自然的苍崖云树以外，还幻变出来的，是人间的“名娃金屋”。因为灵岩山上有馆娃宫，是吴王夫差当年让西施居住的地方。吴这个地方管女孩子叫作娃，馆是给她居住的一个所在，这就是“馆娃宫”名字的由来。你说大地本来茫茫，什么都没有，忽然间就有了这一颗陨星，忽然间就变出来苍崖的山石，变出来白云绿树，然后有了人间的名娃金屋。名娃金屋久长了吗？吴王夫差之霸业是最短促的，转眼间被越王勾践给灭了。西施是越国派来的一个女子，她让吴王沉醉在歌舞之中，不思国事，最终使他走上败亡之路。虽然是“名娃金屋”，但那是“残霸宫城”。霸，虽然是霸，但是“残霸”。上面那些建筑都是残霸的宫城。这是你看到的吴文英这个词人确实是有奇思壮采、腾天潜渊的本领。

现在我们要讲南宋的另外一个作者王沂孙。王沂孙同吴文英一样，也是名不见经传。在中国古代，只有你做了官，历史上才会有你的一个传记。而王沂孙这些人都是才秀人微，淹没在人群之中，所以他也没有传记。王沂孙的传记是后来清朝的查为仁跟厉鹗他们在给《绝妙好词》作笺注的时候考证出的。经他们考证，王沂孙字圣与，号碧山，又号中仙，是会稽人，有《碧山乐府》两卷，也叫作《花外集》。而且《绝妙好词》的笺注也引用了《延祐四明志》有关王沂孙的生平文字，“至元中，王沂孙庆元路学正”。这是在《绝妙好词》的笺上，查为仁跟厉鹗考证出来不到两行的王沂孙的简单的生平。而这两行的生平也带来了很大的问题，就是说他在至元年间做过庆元路的学正。“至元”是谁的年号？元世祖的。所以他们就说，他曾经在元朝出仕，他的志节没有能够保全。可是有人替他辩护，说这《延祐四明志》我们都没有看见过，这只是查为仁、厉鹗引述大家都未见过的书的话，这是难以令人信服的，而且可能有错误。因此大家辩论不休，有人说请看王沂孙所写的一首词《醉蓬莱·归故山》。“归故山”就是回到他的老家。“扫西风门径，黄叶凋零，白云萧散。柳换枯阴，赋归来何晚。爽气霏霏，翠蛾眉妩，聊慰登临眼。故国如尘，故人如梦，登高还懒。　　数点寒英，为谁零落。楚魄难招，暮寒堪揽。步屧荒篱，谁念幽芳远。一室秋灯，一庭秋雨，更一声秋雁。试引芳樽，不知消得，几多依黯。”从词的内容来看，他在故山、故乡之中，过着如此凄凉如此落寞的生活，因此便有人认为他没有出去做过官。所以这也就造成了两派的辩论。而我们只有找到《延祐四明志》，事实才能得到澄清。《延祐四明志》是元朝编写的一个地方的方志，可是这个方志，我找了很多图书馆都没有找到。直到有一年我到了日本，在东京帝大的图书馆里边偶然发现了《延祐四明志》。在它里面，果然清清楚楚地记着元世祖至元中，王沂孙做庆元路学正。他在元朝果然是出仕了。于是后来就有很多历史学家，还不是为了王沂孙，而是为宋元之间很多的遗民的出仕行为进行辩论，应不应该出仕？道德上虽然是不应该，但是我们对于他们这种变节的行为是不是可以原谅？所以很多人都写过文章，连王国维也写过。王国维说有些人因为贫穷难以为生，是被迫出来做官的，他说这是可以原谅的。很多人考证这些事情，得出结论大都说是不得已而出仕的。

总而言之王沂孙是出仕了。那么不管他出仕或是不出仕，我们看看前人对他所写词的评语，刚才讲吴文英词的时候我们引用了周济《宋四家词选·目录序论》和陈廷焯《白雨斋词话》的评语，现在再看一看周济跟陈廷焯对于王沂孙又是如何评论的。周济《宋四家词选·目录序论》说："碧山餍心切理，言近旨远，声容调度，一一可循。"说王沂孙的词，"餍心"，满足你内心的感情；"切理"，也适合你理性的分析。他写物似只是表面刻画，虽说是表面一层，可是他有非常深远的意旨，他的声容调度，他安排的手法，非常清楚，非常有条理。你都可以看得很清楚。周济又说"词以思笔为入门阶陛"。词有两方面，一个是内容，一个是文字。要做一个诗人也需要有两方面的能力，一个是能感之，一个是能写之。你能不能感之，对于宇宙的万物比如花开叶落，你内心有没有感觉，是不是麻木不仁？我常常举辛稼轩的词："一松一竹真朋友，山鸟山花好弟兄。""叠嶂西驰，万马回旋，众山欲东。”“看爽气朝来三数峰。”他说我看所有的青山，所有的绿水都是有感情的，每个外物对我都是有感觉的。这说明你能感知，但能感知还不算，看到青山绿水我也有感受，我觉得这个景色真是美，可是你能够把自己的感受写出来吗？所以写诗需要两方面的能力，一个是思，一个是笔。思是你能感之的能力，笔是你能写之的能力。阶陛，这是一个台阶。周济说，碧山的思笔——王沂孙的感受的能力跟表达的书写的能力，“可谓双绝”，两个都是好的。陈廷焯《白雨斋词话》也说，王碧山词“品最高，味最厚，意境最深，力量最重，感时伤世之言，而出以缠绵忠爱”。这些南宋的遗民经过破国亡家之后，所写的词大都是以血泪凝聚而成，有许多感时伤世之言。

我们今天看他一首词，《天香》：

孤峤蟠烟，层涛蜕月，骊宫夜采铅水。汛远槎风，梦深薇露，化作断魂心字。红瓷候火，还乍识、冰环玉指。一缕萦帘翠影，依稀海天云气。

几回殢娇半醉，剪春灯、夜寒花碎。更好故溪飞雪，小窗深闭。荀令如今顿老，总忘却、樽前旧风味。谩惜余薰，空篝素被。

“天香”是一个词的牌调。这是咏物词，是描写一个客观的物。赋是体物写志，是体察、观察这个物，然后透过物的刻画描写，来传达情意。他所写的题目是《龙涎香》。什么是龙涎香呢？根据《岭南杂记》的记载，龙涎香这种香，在香的品位之中，是最贵重的一种香。这种香产在什么地方呢？据说是在大食国的海上。大食国是现在阿拉伯的国家所在的地方。这龙涎香有什么特色，怎么样才能找到它呢？相传海里有龙，它口中会流出唾液，这就是龙涎。然后把这种口涎搜集起来，再进行加工制成香料。可是什么地方会有龙涎香？如果你看到茫茫大海之上，上边云气笼罩，你可以想象，下边可能有龙蟠踞在海底。而龙在水里吐出口涎后，口涎就漂浮在大海的水面上，它的样子就像你煮汤时浮在水上的泡沫，可经过太阳光一照，泡沫样的口涎就被太阳晒干了，晒干以后就凝结成白色的固体，跟我们烧水后形成的白色水碱一样。把这个白色的固体采集以后，然后糅合各种香料，而最重要的一种香料是蔷薇露，这是从香料蔷薇中压榨出来的汁液，再融入到固体的龙涎之中，将它捣碎，融会起来，接着把它放在一个瓷盒里边，用火慢慢地烘干。烘干后可以把它制做成各种的形状，或者像一个玉环，或者像一根手指，然后点燃这个香。当这个香点燃起来还有一个特色。普通的香燃起来时有烟气冒上来，可是当香的烟气升上来后，常常就散开了。而龙涎香的特色，就是它的烟是翠色的，凝聚而不散。

而现在王沂孙所咏的是龙涎香。为什么要咏龙涎香？当然这还有一个背景。我们通常说要有一个相关的语言的环境，即“相关语境”。宋代许多人都喜欢填词，所以就有很多人结社填词。在词社中，通常要出一个题目，大家都来写。起初当南宋的盛世，结社填词本来是朋友之间嬉宴游乐的聚会的一种雅兴。可是宋朝灭亡了，国破家亡了。国破家亡还不说，当时南宋疆域主要是在江南地区，南宋的皇帝死后都埋在会稽山附近，那是南宋帝王的陵墓所在之处。宋朝理宗死后也是埋葬在此处，理宗死时距离南宋国家整个的败亡——陆秀夫背负小皇帝帝昺在崖山跳海自杀，南宋就真正地灭亡了——不过十几年的时间。而现在南宋灭亡了，元人占领了天下，谁会管这是什么陵墓？有一个胡僧，叫杨琏真伽，他就在会稽山这里发掘了这些皇帝皇后的坟墓。有记载说，当理宗皇帝的尸体挖掘出来后，依旧面目如生，没有改变。这也有可能啊，因为我们现在发掘出的汉墓的女尸千百年都还基本完好地保存在地下，何况理宗不过死去了十几年，不到二十年，他当然还可以面目如生。因为还有传说，如果要保持尸首面目如生不腐烂，就要给它灌进水银，它就不会腐烂。水银是很贵重的东西，理宗不是面目如生吗？这些元人就把理宗的尸首吊挂在树上，要把他腹腔之内的水银都倒出来，这样倒挂了三天之久。水银都倒出来还不说，结果他的头也被人砍去了，人家可能以为他里边含藏着什么珠宝。不但是理宗一个人的坟墓被发掘了，南宋很多皇帝跟王后的坟墓都被发掘了。据说有一个孟皇后，她的陵墓被发掘了以后，虽然她的尸体已经腐烂，但她的头发依然是黑的，而且有一个长簪，还留在上面。传说人的肌肉、血脉这些东西最容易腐烂，而头发则不会腐烂。这都是当时的传说，而这些传说历史上都是有记载的，宋人的笔记，像陶宗仪的《辍耕录》，关于这些事都有很多的记载。国家倾覆，皇陵遭难，这些悲惨的事情，在南宋的遗民尤其是会稽这个地方众多的南方词人如王沂孙（吴文英那时已经辞世）等的心目中，带来的打击是巨大而沉重的。国亡后，这些会稽的词人虽仍然结社，仍然填词，但现在的结社填词不再有那游戏宴乐的内容了，而都是哀悼故国的败亡。当时他们就填写了一些词，题目有龙涎香、白莲、蝉、莼菜、螃蟹，一共是五种。《天香》是其中的一个牌调，大家都用天香的牌调，来咏龙涎香。当时就有人把他们在词社里聚会所填的这些词，编成了一个小的本子，叫作《乐府补题》。《乐府补题》主要是哀悼故国宋朝的作品，这时已经是新朝了，在新朝的时候怎么敢刻印呢？所以它就流落民间，很多年都没有人知道有这么一卷词。一直到中国又经过一次朝代的变乱，明朝灭亡了，另外一个外族，就是清朝进来了。在清朝康熙年间，朱彝尊在江南的藏书楼中发现了这一卷《乐府补题》的小词。而正好那个时候已经到了康熙十七年（1678），清朝大概已经把中原都平定了，为笼络人才，这时朝廷开了一个博学鸿儒科，叫当时所有有学问的人都到首都京城去应试。于是当年不肯出来科考的人，不管是朱彝尊，不管是陈维崧等这些有名的词人此时都到首都去应试了。有人便作了“一队夷齐下首阳”的诗来讽刺。历史上说伯夷、叔齐，“义不食周粟”，可是现在这些“伯夷”“叔齐”都从“首阳山”上下来了。在去首都应试前不久，朱彝尊在江南找到了《乐府补题》这本词集，然后带到了首都。首都当时有很多遗民，不只是朱彝尊，连陈维崧也是，因为《乐府补题》里边的三十几首词主要是写亡国之痛，所以在京都一下子就传诵一时，当时这本词集就被刊刻了，就被流传了，有很多人和词。刚才我提到相关的语境，其实我觉得这本书被发现的时间太晚了，如果它在清朝初年、明朝刚刚灭亡的时候，这本词集就被人发现，那个时候的那些明末的遗民，一定能够写出来非常动人的好词。可是现在，清朝已经安定了中原，已经到了康熙的盛世，这些词人也都是“一队夷齐下首阳”了。他们看了《乐府补题》的词以后心中是也有感动，但他们写不出来了，写不出来刚刚亡国的那种痛彻心肺的感情，那种感情因时间过得太久而淡薄了，消失了。但是《乐府补题》它影响了清朝的朱彝尊的浙西词派。朱彝尊清清楚楚地看到南宋末年咏物词的这种好处，这种寄托的深意，可是他写不出来这种感情、这种深意了，而当时很多人都写不出来了，这个实在是无可奈何。

我刚才说《乐府补题》出来得太晚了，但不管怎么样，这本书毕竟是出来了，因此我们就看见了这些亡国的遗民所写的哀悼国破家亡的词。在《乐府补题》里边第一个牌调就是“天香”。当时有十几个作者在词社里边聚会写词。而在《乐府补题》里第一个词调的第一首词是谁的？是王沂孙的词。而且王沂孙自己的碧山乐府《花外集》里边第一首词也是《天香》。这是一首很有名的词：“孤峤蟠烟，层涛蜕月，骊宫夜采铅水。”你要写龙涎香，这么不常见的东西，你怎么写这个龙涎香啊？他说“孤峤蟠烟”。“孤峤”，是海上的一个孤岛。但他没有说孤岛啊，他用的是“孤峤”。岛字寻常，“峤”字有一种拗折的、奇变的感觉。“蟠烟”，孤峤上面有烟雾笼罩盘绕。这是采龙涎香的地点。第二句就更妙，“层涛蜕月”，这是去采龙涎香的时间。我们说一条蛇蜕了皮，一只蝉蜕了皮，这叫蝉蜕。什么叫层涛蜕月？这个修辞真的是妙。海上的波浪一波又一波，如果你哪天有兴趣看到这个恰好的情境，天上有月亮，底下有水的波浪，一个水波连着一个水波，月影倒映在水中，月亮就在一个个连绵的水波中，一下进去了，一下又出来了。

层层波涛涌起细碎的水的波纹，就跟龙身上所长的鳞甲相似，月亮的倒影在层层的波涛中吞吐不定，隐显起伏。月影在水的波纹的动荡之间，好像是从鱼龙的鳞甲之中蜕退出来，一下一下露出来。你看“层涛蜕月”，写得多么生动，多么真切，想象是如此丰富。在这样的情境之下，那些采香的人驾着船，到海上去采龙涎香。到什么地方？骊宫。碧山的思笔可谓双绝，既能感之，又能写之。骊，是骊龙，是黑色的龙。骊宫，即龙宫，龙住的地方。白居易的《长恨歌》“骊宫高处入青云，仙乐风飘处处闻”，骊宫代指皇帝的宫殿。龙在中国一向都是帝王的象征。他们采香的人都是黑夜而来，是“骊宫夜采”。传说，采下来的是龙涎，是龙吐的沫子。那龙我们现在也没看见，龙吐的沫子谁看见了？据科学家考证，有一种鲸鱼叫抹香鲸，抹香鲸会从它的腹中分泌一种香料。所谓的龙涎就是抹香鲸的分泌物。可是当时传说，骊宫夜采铅水，采的是那个龙吐的口涎。它本来是液体，是水，但它又不是纯液体的纯水，它里面有很多龙的分泌的杂质，所以是铅水。而铅水又有典故了，李贺的《金铜仙人辞汉歌》说，当金铜仙人被从汉宫移走的时候，铜人就流下泪来，“忆君清泪如铅水”，那是亡国的眼泪，那是铅水。亡国以后，不但活的人不能保存，连金铜仙人都不能保存了。所以“孤峤蟠烟，层涛蜕月，骊宫夜采铅水”，就被这个人采走了。“汛远槎风，梦深薇露，化作断魂心字”，汛是海上的风潮。随着风潮的起伏，采龙涎的人坐着浮槎，随着风漂到那么远的地方去。还不是说人漂得远，而是说被采回来的龙涎，离开它的故乡，离开它的海中的那个蟠石，被这些采择的人，带着它越走越远了。随着风浪，随着木槎，就离开它的大海的故乡了。被带到制造香料的人那里，就“梦深薇露”。要制造龙涎香，要把采回来的这些凝固的东西，跟那些香料，蔷薇露等，捣碎在一起，真如人们所说的捣麝成尘，名士则情怀缱绻。你把一个香的东西这么捣碎，那种缠绵，那种芳菲，“梦深薇露”，就在伴随着蔷薇香的露水被人捣碎的时候，在蔷薇花的香气之中，那个海上的龙涎，带了多少往事，带了多少旧梦。然后呢，就被制作成香了。这个香是有形状的，有的是心字的形状。我们常常说“心字香”，蒋竹山的词“心字香烧”“银字笙调”。把这个龙涎香制作成一个心字的形状，这真是断魂，心是有感觉的，有感情的。其实心不是，心是管血液循环的。可是，中国人认为一切的感受都是由心来控制。你想这个龙涎，经过人把它携带到这么远的地方去，经过捣烂，经过焚烧，就化作了断魂心字。那种感觉，那种感情，真是心碎肠断。“红瓷候火，还乍识、冰环玉指”，你把它制成了形状还不说，还要烘烧。根据陈敬的《香谱》记载，说制作香的时候，要用慢火把它烘干，可是又不能完全干掉，还须带着一点点潮润，放在一个瓷器之中，把它窖藏，封存起来。白居易诗“绿蚁新醅酒，红泥小火炉”。红瓷，红色的美丽的瓷器；候火，恰好的火候，要谨慎小心，这火太大了也不成，太小了也不成。等龙涎香烘干出炉了，“还乍识、冰环玉指”。这烘干的龙涎香是什么样子？一个一个白色透明的，像冰环，像美人的玉指。你看他用一个美人的手指来形容龙涎香的形状，而且“还乍识、冰环玉指”还有另外一层意思。一方面形容龙涎香的形状，另一方面还把人结合进来了，冰环玉指还可以指添香女子的手指。这样就造成了多义的效果。“还乍识”，我第一次认识它，我第一次看到它，这个烘好了的龙涎香。以上所写，是龙涎香从采集到制作到完成的过程。

现在烘好了就该焚香了，“一缕萦帘翠影，依稀海天云气”。龙涎香的特色，当焚烧时，这种香冒出的是一种翠色的烟霭，并且是盘旋而上，结而不散。萦帘，萦是萦绕。当龙涎香燃烧时，一缕翠色的烟影盘结萦绕在帘幕之间。而这种烟霭，就让我想到“依稀海天云气”。当时去采它的时候，那龙涎香所在的海上不是有云气吗？龙涎香现在虽然被焚烧了，形状跟原来也完全不同了，可是它原来的故乡，原来它海上的产地“孤峤蟠烟”，它并没有忘记。就算它现在化作“断魂”的“心字”了，可是当它焚烧时，升腾起来的翠色的烟气仿佛仍然是当年它在海上的时候的云气，表现了对于故乡的不能忘怀。“依稀海天云气”还有更深一层的含义。你要知道南宋最后的灭亡是陆秀夫背着帝昺在海边的厓山跳入海中自杀的。这些南宋的遗民对于故国是不能忘怀的，他们还思念故国，还思念跳海死去的皇帝，所以是“依稀海天云气”。可这上边完全是写龙涎香。那龙涎香既然已经被焚烧了，是谁在焚香？是在什么情景之下焚香？“几回殢娇半醉，剪春灯、夜寒花碎。”我曾经焚香，并且不只焚过一次香。从前国家太平安乐的时候，从前我家居在焚龙涎香的时候，有一个美女在我的身边。殢娇，形容女子撒娇的样子。“几回殢娇半醉”，他说当初有几回，有一个美丽的女子这么娇羞地在他的旁边微醺半醉。“剪春灯”，在长夜里我们情话绵绵，时间久了，要剪一剪灯芯。“夜寒花碎”，春夜还是料峭春寒，而灯花是如此细碎，唐人的诗“九微片片飞花璅”嘛！他写夜，用了一个“寒”字；写“花”，用了一个“碎”字；“剪春灯”，是做一种事情的动作。剪春灯这样情景的背景，是夜的寒，花的碎。这就把那种寒冷、那种幽微的感觉写出来了。可是为什么要写人，为什么要写“剪春灯、夜寒花碎”，这与龙涎香何干？根据《香谱》里记载，说是应该在冷天的时候，把门窗都封闭，来焚烧龙涎香，所以“剪春灯、夜寒花碎”。“更好”是“故溪飞雪”，当下雪的冬天，当我在老家过着安乐美好的日子的时候，“小窗深闭”，这窗门都封起来，那才是烧这个龙涎香的一个应该有的环境。现在你就会知道，他所写的不是人，他在回忆之中，写的都是龙涎香。他不过是用人事作陪衬，陪衬他以前焚香的情景。这都是回忆当年焚香的情事。

“荀令如今顿老”：荀令是三国时候相传一个喜欢熏香的人，衣服上熏的都是香气。李商隐有诗云：“桥南荀令过，十里送衣香。”《世说新语》也说，只要是荀令坐过的地方，他的香气好多天都不会消散。王沂孙用荀令自喻，说当年我王沂孙也喜欢熏香，像荀令一样。“如今顿老”，物是人非事事休，国家也亡了，自己也老去了，那个美女的殢娇也不在了。“总忘却、樽前旧风味”，很多往事再也回不来了，当年我跟我所爱的女子，在酒樽之前的“殢娇半醉，剪春灯、夜寒花碎”的那种温暖的、那种浪漫的情景，现在都不见了。现在是什么？“谩惜余薰”。什么地方还留下当年的龙涎香的一缕香气，我就珍重爱惜。陆放翁说的，“采得黄花作枕囊，曲屏深幌闷幽香。唤回四十三年梦，灯暗无人说断肠”。那个香气还在，可人事全非。我徒然地爱恋那剩下的香气，现在是“空篝素被”。篝是竹笼子，熏香的时候，应该在里边点上香，在竹笼上盖上你的“素被”，被褥在这个篝笼上熏它一遍，然后你的被就是香衾了。“谩惜余薰”，只剩下“空篝素被”，现在这往事全非，“空篝”，里边再也没有那个香了，那个龙涎香不存在了，没有了，只剩下一个单薄的素被在那里。所以王沂孙写的这个词真可谓思笔双绝。他的那种感受，他的修辞的笔法，真是可谓双绝。

现在时间已经超时了，那我们就不能再讲了，我说几句结束的话吧。我们这个系列的讲座一共讲了十二次，我把它分成三个不同的类别。第一类是“歌辞之词”，大半都是唐五代、北宋初年的一些个小令。第二类是“诗化之词”，我们讲了李后主、苏东坡，还有辛弃疾。第三类是“赋化之词”，就是用勾勒描绘铺陈来写词的，而不是用直接的感发来写的，就是“赋化之词”。写作的笔法不同了，它美感的特质也不同了，我们举了周邦彦、吴文英跟王沂孙三家。我们的时间很短促，所以每一类词的美感特质可能讲得都不是十分透彻，不过至少我提醒大家的是，词不要一概地去看它，泛泛地去看它，它是至少有三种不同的美感特质的，我们就结束在这里了。

可延涛 整理